KB133555

빙고선비

씨네노블1

빙고선비

1판1쇄 펴낸날 | 2022년 9월 30일

지은이	박생강
펴낸이	김병수
기획	김경희
책임편집	조정빈
디자인	정계수
펴낸곳	아르띠잔
출판등록	2013년 7월 15일 제396-2013-000120호
주소	(10881)경기도 파주시 회동길 480, 아트팩토리엔제이에프 A동 225호(문발동)
전화	031-946-8384
홈페이지	www.ArtizanBooks.com
이메일	artizanbooks@daum.net

이 도서는 2022 경기도 우수출판물 제작지원 사업 선정작입니다

ISBN 979-11-971378-7-7 04810
ISBN 979-11-971378-6-0 (세트)

이 도서의 국립중앙도서관 출판시도서목록(CIP)은 서지정보유통지원시스템
홈페이지(http://seoji.nl.go.kr)와 국가자료공동목록시스템(http://www.nl.go.kr/kolisnet)에서
이용하실 수 있습니다. (CIP제어번호: CIP)

빙고선비 | 박생강

아르띠잔

작가는 글을 쓰고 그 원고료로 차곡차곡 사는 사람이라고 하면 박생강 작가는 그 이름에 가장 적합한 작가입니다. 르포 기자인 그는 《수사연구》 잡지에 매월 범죄와 수사를 주제로 글을 기고하고 대중문화 칼럼니스트로 활동하기도 하며 그의 소설은 장르를 넘나들며 거침없는 상상의 나래를 펼칩니다. 방송 다큐멘터리 〈몬스터 콜렉터〉를 기획할 당시 프리젠터로 박생강 작가를 자연스럽게 떠올린 것이나 관련한 소설을 제안한 것도 무슨 장르든 소화해내는 그 능력 때문이었습니다. 어떤 미션이 주어지더라도 클리어할 수 있을 것 같은 믿음이랄까요.

〈몬스터 콜렉터〉(Monster Collector)는 우리 역사문헌에 존재하는 괴물 혹은 이물에 대한 흔적을 찾아 전국을 돌며 추적하는 다큐멘터리입니다. 다큐멘터리의 크리쳐(Creature) 장르물이라고도 할 수 있겠네요. 박생강 작가는 진심과 장난스러움이 섞인 호기심 가득한 눈빛을 지어보이며 흔쾌히 다큐멘터리의 프리젠터 역할을 수락했습니다. 그리고는 주저 없이 '재밌겠다'라는 말과 함께 소설 작업에도 동의해주었죠. 그렇게 탄생한 《빙고선비》는 박생강 작가의 색다른 도전이자 수작으로 남을 작품임이 틀림없습니다. 그는 성실하고 진솔한 이야기 수집가이며 늘 안주하지 않고 진화하니까요. 그런 박생강 작가가 이번에는 괴물 수집에 나섰습니다. 탁월한 이야기가 수집가의 발걸음을 붙든 괴물, 혹은 이물은 어떤 것일까요?

《빙고선비》는 조선의 하급관리 김성무가 특별한 재능을 가진 여동생과 함께 타고난 체격으로 괴물을 때려잡는 자신의 운명을 받아들여가는 과정을 그리고 있습니다. 해가 뜨기 직전 가장 어두운 그 시각, 달빛을 따라 만나게 되는 괴물과 이물들. 그건 그 어느 곳도 아닌 우리 인간 내면 깊숙이 웅크리고 앉아있는 어떤 실체를 만나는 일이기도 합니다. 《빙고선비》는 지금도 여전히 우리 주위를 맴돌고 있을 그 실체를 밝혀줄 것입니다.

　아르띠잔은 지금까지 그랬듯 앞으로도 다큐멘터리를 만들고 책을 만들 것입니다. 새롭게 시작하는 씨네 노블 (Cine Novel) 시리즈가 또 어떤 운명으로 우리를 안내할지는 모르지만 끊임없이 고민해야겠지요. 지금 글을 쓰고 책을 만든다는 의미는 무엇인지 그리고 지속가능한 창작활동을 위한 조건들은 무엇인지 늘 생각하면서 한걸음씩 내딛어 나갈 것입니다. 각종 미디어의 합종연행이 이루어지고 급격하게 바뀌는 넓은 의미의 예술 창작 생태계 속에서 아르띠잔은 항상 고민하고자합니다. 여러분의 뜨거운 관심과 지지를 부탁드립니다. 감사합니다.

2022년 9월, 여름과 가을 사이
다큐멘터리 감독 김병수

차례

김순덕

"이 다 쓰러져 가는 가문에서, 시댁에서 쫓겨난 여인이 할 일이 있는 줄 아오. 그냥 죽을 때까지 뒷방 신세거나 보쌈으로 팔려가는 게 전부지. 나는 그렇게 살긴 싫습니다."

김순덕은 가난한 양반집에서 태어나 어렸을 때 어머니를 잃고 백년 서생 아버지의 손에 오라비 김성무와 함께 자랐다. 그래도 명망가에 시집은 갔는데 첫날밤 신랑의 목을 조른 죄로 소박맞았다. 사실 순덕은 무관 집안의 피를 이어받아 힘이 장사여서 또래의 소년들은 한 손으로 제압할 줄 알았다. 하지만 신방에서 신랑의 목을 조른 데에는 그럴 만한 이유가 있었다.

소박맞은 여인이 할 수 있는 일은 아무것도 없는 조선. 순덕은 오라비 성무를 통해 귀신 잡이들과 만나면서 새로운 인생을 맞이하는데, 바로 귀신과 괴물을 때려잡고 재물도 쌓는 일이다. 게다가 순덕은 이미 아버지와 오라비가 모르는 외가에서 이어진 특별한 능력을 갖고 있었다.

김성무

'꽃을 보러 갔다, 괴물을 보았다. 그러다 영웅이 되었다. 참으로 기이한 밤이로다.'

순덕의 오라비 김성무는 장군감의 큰 체격을 지녔지만 지금은 조선의 하급 관리로 살아간다. 가족을 부양하기 위한 어쩔 수 없는 선택이었던 것.

김성무는 선배들에게 잘 보이기 위해 매화음에 따라갔다가, 수상한 선비 하나를 만난다. 게다가 그날 밤 괴물 영노와 한 판 붙게 된다. 이후 김성무는 귀신 잡이들과 엮이면서 이상한 일에 빠져든다. 게다가 여동생까지 합류? 김성무는 답답하다. 조선의 선비로서 이렇게 살면 안 될 것 같은데? 하지만 그러면서도 김성무는 운명처럼 귀신 잡이의 삶에 끌려들어 간다.

황철 영감

"잘 들으시오. 우리 귀신 잡이는 세 가지 힘을 갖춰야 한다 하오. 원귀와 괴물의 위치를 재빨리 찾아내는 매의 눈. 괴물을 때려잡을 수 있는 범의 주먹. 나머지는 괴물을 재빠르게 빙지로 생포하는 원숭이의 손이라오. 하지만 그 세 개를 다 갖춘 술사는 내가 처음이자……"

조선 최고의 귀신 잡이. 젊은 시절부터 귀신 잡이 외길 인생만 걸어왔다. 아내와 자식이 괴물에게 해를 당한 이후 잠시 방황의 길에 빠지기도 했지만 스승 탁발승의 도움으로 다시 이 길에 뛰어들었다.

지금은 이태원에 작은 기와집을 짓고 제자 감돌과 함께 귀신 잡이 일을 하고 있다. 하지만 이제 곧 황천 갈 날이 멀지 않아, 이 직업을 물려줄 이를 물색하는 중이다.

감돌

"아씨, 저는 황철 어르신이 가는 곳이면 어디든 따라다니는 몸입니다."

황철 영감의 제자로 미색의 사내. 여장을 해도 다들 미인으로 속을 정도의 아름다움을 갖추고 있다. 하지만 마음은 꽃뱀처럼 사악하고 냉철하며 욕심도 많다. 미소를 지으면 아름다운 입술에서 독물이 배어날 것 같은 스산한 분위기를 풍긴다.

처음 매화음에서 김생원을 발견하고, 귀신 잡이의 세계로 끌어들인 장본인. 하지만 곧 그를 황철 영감에게 소개한 것을 후회한다.

우팡

"그제야 저는 제가 완벽한 인간은 아니라는 사실을 깨달았습니다. 밤에는 예전처럼 한양의 밤거리를 떠돌아다니는 혼령으로 돌아가는 팔자였지요. 반 토막 난 사람 병신이 바로 우팡이었던 겁니다."

황철 영감이 이태원 난전에서 맞아죽은 청년의 사체에 떠돌이 혼을 집어넣어 살려낸 반인반혼. 황철 영감의 손과 발이 되어 영노를 무찌르는 데 큰 역할을 한다.

태평

"아까 이 채찍이 뭔가 물어봤던가요? 이거는 내가 대동강에 나타난 물괴를 잡았을 때, 그 혀를 잘라 만든 채찍이오. 이게 아주 유용합니다."

한반도 북쪽에서 활약하던 귀신 잡이. 하지만 괴물에게 습격 당해 한쪽 팔을 잃고 지금은 기생집 뒷배를 봐주는 건달로 살아가고 있다.

영노

"끼끼끼끼"

억울한 선비가 죽으면 괴물 영노로 다시 태어난다. 붉은 얼굴로 원숭이와 새의 중간쯤 되는 외모를 지니고 있다. 양반으로 태어났으나 빛을 보지 못하고 죽은 것이 억울한지 양반만 골라서 잡수신다.

정난정

"잠깐, 어디 뉘 앞에서, 하찮은 귀신 잡이들이 중전마마의 총애를 받는 정경부인의 집에서 이리 행패를 부리는 건가?"

문정왕후의 뒤에서 조선 최고의 권력을 누리는 정경부인. 영노의 출현처럼 나라를 뒤흔드는 괴물 사건이 일어나면, 과거 다른 권력자들이 그랬듯 남몰래 귀신 잡이들을 찾는다.

빙고선비

"바로 여기서 우리가 모이기 시작했소. 깊은 밤 얼음을 지키느라 졸음에 겨운 나졸들이 일곱 번째 빙고 옆 작은 헛간 안에 들어가 새끼줄을 만지작대며 무서운 이야기를 한 것이 시작이니까. 그리하여 이곳 서빙고 관청의 관리들이 끼리끼리 모여 팔도의 무서운 괴물 이야기를 하나둘 모으기 시작했다오."

서빙고의 헛간에 모여 귀신과 괴물 이야기를 하며 '이물학'에 몰두한 선비들. 서빙고의 헛간에 모였기에 스스로를 빙고선비라고 칭한다.

1 매화음의 밤, 기이한 웃음소리

궁의 남쪽 목멱산의 매화는 귀기 서린 꽃처럼 사악하게 피었습니다. 도포 자락을 파고드는 바람이 매서운 밤이었습니다. 깊은 산 넓은 반석에 술상이 차려졌지요. 하지만 매화음 꽃놀이를 즐기는 선비들은 들떴습니다. 윤화역, 안갯속에 매화를 보는 즐거움이라며 감탄을 금치 못했으니까요.

선비들은 책뿐만 아니라 산과 꽃을 사랑했습니다. 상화회나 간화회 같은 계모임은 꽃을 사랑하는 선비들의 모임이었습니다. 물론 이 모임은 그렇게 순수하지만은 않았습니다. 계모임은 새로운 친목 도모의 장입니다. 보통 선비들은 같은 동네에서 태어나 같은 소과나 대과에 합격한 인연으로 친분을 이어갑니다. 하지만 인연이 흐지부지한 선비들은 이런 꽃놀이 계모임에서 친분을 쌓으려 하지요.

가끔 이런 계모임에 수상한 자들도 나타나곤 합니다. 머쓱한 자세로 사람들 사이에 섞여 간을 보려는 선비들이죠. 혹은 귀신처럼 음흉한 눈빛을 조심스레 숨기고 그럴듯한 문장을 읊어댑니다.

그 자들과 엮이면 대개 팔자가 사나워지죠. 허나, 팔자가 사나워지고 인생이 꼬인다고 벼랑으로 떨어지는 건 아닙니다. 오히려 보이지 않던 또 다른 길이 보일 때도 있으니까요.

김생원은 오늘 밤 매화음에 두 번째 참석한 하급 관리였습니다. 술상 앞에서 그의 표정은 썩은 우거지였죠. 표정만 봐도 김생원은 수상한 선비는 아니었어요. 수상한 선비들은 쉽게 표정을 들키지 않으니까요.

김생원은 그냥 기분이 나빴던 겁니다. 일단 이날 날씨가 마음에 안 들었죠.

'날씨도 이런데 무슨 매화를 보러 온다고.'

김생원도 꽃을 좋아하기는 했습니다. 허나 담장에 핀 개나리나 진달래를 보면 아이고, 곱다 이 정도가 전부.

'매화 그래, 매화 좋다. 선비의 절개를 상징하는 매화 아름답지. 허나 매화를 보러 안개 긴 밤에 으스스한 산에 오를 필요가 있느냐, 이것이다.'

사실 김생원이 이곳까지 따라온 데는 다른 이유가 있었습니다. 김생원은 운 좋게 생원시 합격 후에 다른 이들처럼 성균관에 들어가는 길을 택하지 않았습니다. 대신 한성부 남부에서 사무 보조를 하는 하급 관리의 삶을 택했습니다. 양반이었지만 가난한 집안의 장남이라 먹여 살려야 할 식솔들이 딸려 있었으니까요. 그러기 위해서는 늘 친교를 맺고 뒷배를 봐줄 선배들이 필요했습니다. 꽃보다 선배. 그것이 김생원이 친구에게 부탁해 매화음에 들어온 이유였습니다. 선비의 절개를 상징하는 꽃답게, 매화를 즐기는 이 계모임에서 인맥의 끈이 될 선배들이 많다는 이유였죠.

한 번은 김생원이 모임에서 주목을 받았습니다. 모임의 우두머리 격인 한성부 중부 관리는 남들보다 머리통 하나는 더 큰 김생원의 체격을 보고는 놀랐습니다. 오늘 꽃놀이에 호위무사까지 대동했다며 농을 걸었으니까요. 그 말에 다들 박장대소하였지요. 하지만 김생원에 대한 관심은 그게 끝.

'과연 저 취한 선비들이 훌륭한 동아줄인가?'

김생원은 한숨을 푹 내쉬었습니다.

명문가 선비들이 안갯속 매화를 보며 절벽 앞에서 춤을 추었습니다. 도포 자락 날리며 흐물흐물, 엉덩이도 씰룩씰룩. 그중에는 이 모임까지 끌어준 벗도 있었습니다. 김생원은 그 춤판에 섞여 있다가 진저리를 치고 다시 술상 앞에 앉았습니다.

'사대부들이 언제 저리 춤을 익힐 시간이 있었는고.'

김생원은 홀로 잔을 비우고 다시 잔을 채웠습니다. 그때 저쪽 끝에 앉은 생원이 눈에 들어왔습니다.

그도 김생원처럼 이 모임에 보릿자루처럼 끼어들었는지 고개를 푹 숙이고 있었지요. 선비는 아낙처럼 체격이 작았습니다. 어깨의 선이 붓으로 슬쩍 그린 듯 고왔지요. 달빛에 아른대는 입술과 가녀린 턱은 쓰개치마를 쓰면 여염집 아가씨라 속여도 믿을 미색이었습니다.

김생원은 술도 한잔 들어갔겠다 싶어 그에게 말을 건넸습니다.

"생원도 오늘 밤 매화가 마음에 들지 않는 모양이오?"

"글쎄요, 저는 시나 꽃에 관심이 있어서 여기 온 것은 아니어서 말입니다."

"아니, 꽃에도 관심 없는 선비가 무슨 일로 매화음에 오셨소? 이리 와서 술이나 한잔 하시오."

"그쪽처럼 꽃이 아닌 콩고물이 떨어지길 바라며 온 것은 아니니 걱정 마시오."

이름 모를 선비는 그러고서 미소를 지었습니다.

보통의 아름다운 자들이 웃으면 아름답기 마련입니다. 하지만 이 미색의 서생이 웃으면 미소 사이로 독물이 스르르 배어 나오는 것 같았습니다.

'구미호가 선비로 변한 것인가?'

하지만 김생원은 예의를 갖추고 다시 말문을 열었습니다.

"내 그저 사람들과 쉽게 어울리지 못하는 성격이라 그렇소. 더구나 저렇게 꽃을 핑계 삼아 선비의 위신을 벗어던지고 놀고 자빠지고 싶은 마음은 없고."

"그렇지요. 그런데 생원께서는 저 취한 선비들 사이를 그저 배회만 하더이다. 그것도 한눈으로는 이 모임의 우두머리를 연모하듯 바라보며 말이지요."

"당치 않소, 연모라니."

"그게 아니면 정정하지요. 주인의 손길을 기다리는 한낱 개의 눈빛이랄까?"

"거, 말이 너무 심하지 않소!"

김생원은 처음 보는 사람에게 시비를 거는 이 사내가 마땅찮아 언성이 높아졌습니다. 하지만, 아차 싶었습니다. 김생원은 또 힘깨나 쓰는 사내이기에 언젠가부터 욱하는 것을 경계하였습니다.

더구나 이름 모를 선비의 말이 맞았습니다. 빈궁한 속내를 남이 알아차리자 갑자기 속이 들끓은 것이죠.

김생원은 직접 술을 따라 단숨에 들이켰습니다. 그러고는 빈 잔에 술을 채워 이름 모를 선비에게 내밀었습니다.

"자, 내가 취해서 그만 언성이 높아졌으니 사과하지요. 생원의 말이 틀린 것도 아니니. 사내답게 그쪽도 이리로 와서 툭툭 털고 한 잔 받으시오."

"그 잔 받지 않으렵니다."

상대가 술을 거절하자, 김생원은 부아가 치밀었습니다.

"아니, 변변치 못한 생원의 술은 거절하는 것이오?"

"장군으로 태어나 꽃놀이나 하는 선비. 오늘 농은 여기서 끝내지요. 내 바쁜 일이 있는지라."

그는 자리에서 일어나 반석 아래로 뛰어내려 어느새 어둠 속으로 사라졌습니다.

김생원은 손에 쥔 술잔을 다시 들이켜고 나직하게 내뱉었습니다.

"한 입 거리도 안 될 것 같은 놈이."

취기가 오르자 김생원은 점점 더 기분이 나빠졌습니다. 마음 같아서는 저 매화 앞에서 각설이처럼 춤추는 선비들을 다 메다꽂고 싶어졌지요.

'아니다, 내 힘이 장사라고 이리 해서는 아니 된다.'

김생원은 반석 위에서 뛰어내려, 어두운 숲속으로 들어 갔습니다. 마침 오줌보가 배꼽 아래까지 차올랐으니 소변이라도 내갈겨 마음의 독기를 가라앉힐 생각이었지요.

'그런데 도무지 얼굴을 본 적이 없는 선비. 저 정도 미

색이면 궁궐에서도 소문이 날 법한데.'

김생원이 시원하게 일을 보고 다시 돌아가려 할 때였습니다. 고요한 숲속에 위험한 짐승 소리가 들려왔습니다. 고통에 신음하는 사람의 목소리도 들려왔지요.

'누군가 산짐승에게 습격당한 것인가?'

그의 머릿속에 퍼뜩 누군가의 얼굴이 떠올랐습니다.

"아, 버릇없는 작자가 팔이라도 좀 뜯겼을라나."

김생원은 독물이 배어 나오는 미소를 따라 해 보았습니다.

"뭐, 그래도 위험에 처한 선비를 그냥 두고 갈 수는 없지."

김생원은 커다란 돌멩이 두 개를 주워들고 소리가 들리는 곳으로 다가갔지요. 수풀을 헤친 김생원은 드디어 그 이상한 짐승과 마주했습니다.

짐승은 붉은 도포를 입고 달빛 아래 서 있었지요. 원숭이보다 덩치가 컸으나 사람보다는 체격이 작고 등은 굽었는데 팔만이 꽤 길었습니다. 시뻘건 면상은 술 취한 선비 같았고, 까마귀처럼 뾰족한 주둥이가 입만 살은 백면서생을 닮았습니다. 상투가 있어야 할 자리에 닭 볏 비슷한 뿔이 불쑥 자라나 있었지요.

"이상하다, 이상해."

그 이상한 짐승은 김생원을 쏘아보았습니다. 눈에 푸르스름한 귀기가 돌았습니다. 이 세상 짐승 아닌 저세상 요물이었습니다.

그때 벌렁 넘어져 있던 한 입 거리 선비가 일어났습니다. 역시나 한쪽 팔에서 피를 흘리고 있었지요. 그는 이를 악물고 호통을 쳤습니다.

"영노! 이 양반을 잡아먹는 괴물아. 오늘 너는 이 목멱산에서 최후를 맞을 것이다."

기괴한 옷차림의 괴물은 아무 말 하지 않았습니다. 그저 붉은 도포를 치맛자락처럼 붙잡고서 허공으로 치솟았습니다. 이어 도포를 머리까지 덮어쓰고 상대에게 달려들었습니다.

"그만두지 못할까!"

김생원이 손에 쥔 묵직한 돌멩이 두 개를 던졌습니다. 돌멩이에 얻어맞은 영노는 곧바로 고꾸라지고 말았지요. 김생원은 눈에 띄는 나무에서 굵은 가지를 꺾어서 영노에게 다가가 목검처럼 휘둘렀습니다. 그 괴물은 씩씩대더니, 김생원을 노려보고 웃었습니다.

"끼끼끼끼."

"끼끼끼끼?"

"안방마님 치마폭으로 드나드는 마당쇠같이 생긴 녀석한테도 양반의 냄새가 나는구나."

영노는 원숭이처럼 끽끽대는 말투로 인간의 말을 하고 있었습니다.

"물러서시오, 선비. 그 괴물 양반만 잡아먹는 영노라오."

하지만 김생원은 픽, 웃었습니다.

"그래, 보잘것없지만 이 몸 똥구멍이 찢어지게 가난한 양
반이시다. 하지만 덩치가 커서 잡아먹으면 산돼지 맛 밖에
안 날 것이다. 내 어린 시절부터 산자락을 다니며 이 막대기
로 온갖 짐승은 다 잡아본 몸이지. 허나 귀신이나 괴물은 아
직 잡아보지 못하였다. 그러니 너 영노인지 뭔지 이놈 매운
맛을 좀 보자."

김생원은 양손에 손을 퉤퉤 뱉고 엉덩이를 뒤로 뺐습니
다. 영노가 뒤로 물러나는 듯하다, 단숨에 뛰어올라 대가리로
김생원의 배를 들이받았습니다. 그 바람에 김생원이 벌렁 넘
어졌습니다. 영노는 재빠르게 공중으로 치솟아 펄럭이는 도
포를 흔들더니 김생원의 어깨에 올라탔습니다. 그러더니 두
다리로 김생원의 목을 졸랐습니다. 김생원은 영노의 도포 속
에 갇혀버린 셈이었습니다. 김생원은 영노의 가랑이 사이에
서 풍겨오는 지독한 악취에 숨이 막혔습니다.

'이거 백 년 묵은 똥간의 악취보다 지독하구나.'

독기가 김생원의 넋을 점점 흔들어놓았습니다.

'이게 말이 되는가? 매화음의 밤에 왔다가 매화가 아니라
괴물의 악취에 취해 삶이 끝나다니. 이 무슨 허무한 인생인
가.'

어느덧 그의 코에 선선한 밤바람이 닿았습니다.

정신을 차리고 일어나 보니, 영노는 사라졌습니다. 대신한 입 거리 선비가 누런 종이 한 장을 들고 서 있었습니다. 그 종이가 바람에 펄럭이듯 꿈틀거렸습니다.

"아까 내 이 종이를 주머니에서 찾다가 그만 공격을 당하였소."

"그 종이가 왜 자꾸 흔들리는 것이오?"

한 입 거리 선비가 다가와 김생원 앞에서 미소를 지었습니다.

"이 종이에 쓰인 붉은 글씨가 보이시오?"

종이에는 빙(氷)자가 쓰여 있었습니다. 빙자에 눌린 영노는 자벌레처럼 작아져 있었습니다. 꿈틀대는 대가리와 긴 팔다리도 보였지요. 그는 종이를 둘둘 말아 다시 도포의 주머니에 넣었습니다.

"이걸 귀신 잡는 빙지라 하지요."

"그걸로 귀신을 잡는다고?"

"수비산의 귀신 잡는 은행나무 신목의 은행잎을 태우고 수비산의 동짓날 꽁꽁 언 신묘한 계곡물을 섞어 만든 종이랍니다. 귀신도 잡고 괴물도 잡고 쓰임새가 많지요. 여기에 특별한 결계를 지닌 얼음 글자로 꾸욱, 밤에 나타나서는 안 될것들을 눌러놓지요. 하지만 빙지를 쓰려면, 괴물의 기운이 가장 약한 방향에 서야 합니다. 이 영노의 경우는 북동쪽이었소. 그 기운을 느낄 때까지가 좀 어렵다오."

"매화음에 온 이유가?"

"맞소, 매화도 즐기고 시도 즐기는데, 왜 다른 것은 못 즐기나? 내가 나가는 진짜 모임에서는 꽃이나 산이 아닌 알려지지 않은 괴이한 것들을 찾고 즐기지요."

그는 잠시 숨을 골랐다가 말을 이어갔습니다.

"실은 내일 축시경에 서빙고 일곱 번째 얼음창고 뒤편 얼음 묶는 새끼줄을 보관하는 헛간에서 우리 선비들이 모이는데 오시지 않으렵니까? 물론 서빙고 구석에 있는 헛간으로, 지금은 텅 비어서 우리들이 비밀스럽게 모이기 딱 좋습니다. 내 지금껏 괴물을 때려잡는 선비는 본 적이 없지 뭡니까? 이 나라에 이런 괴물이? 아, 미안 괴물은 아니지. 하여간에 다른 회원분들께 소개해 주고 싶은 마음이 아궁이처럼 뜨겁게 달아올라……"

김생원은 그 모임에 입맛이 당겼습니다.

"어쩌시겠소?"

"하지만 어찌 허락도 없이 혼자서 밤에 돌아다닌다는 말이요? 야경 도는 순라꾼들에게 걸리면 큰일 아닌가?"

"내 방법을 알려드리지요. 갓을 비스듬히 쓰고 낡고 찢어진 옷을 입으시면 됩니다. 행색은 초라하게, 눈은 최대한 힘을 빼시오. 그쪽은 또 눈빛이 살벌하니까."

"왜 그래야 하는지 모르겠군."

"그러면 신귀로 보여 야행 도는 순라꾼이 건드리지 않는다오."

김생원은 고개를 끄덕였습니다. 사실 신귀가 된 경험이 있었으니까요.

신귀는 진짜 귀신이 아닙니다. 신입 관리가 신고식 면신례 전에 선배들의 집을 돌아다니며 회자할 때의 모습이지요. 회자란 신입 관리가 몇 날 며칠 밤 명함 돌리는 일을 말합니다. 회자를 끝내고 한밤에 길을 나서노라면 꼭 귀신같은 꼴이 되지요. 순라꾼들도 그런 관리를 신귀라 부르며 잡지 않았습니다. 김생원도 회자 때는 기생들이 유행시킨 엉덩이물동이춤까지 춰가며 선배들의 비위를 맞춰야 했습니다. 몇몇 선배들은 그의 엉덩이가 물동이처럼 탐스럽다며 손바닥으로 찰싹찰싹 때리며 낄낄대기까지 했지요. 집으로 돌아가는 길에 그 웃음소리가 귓가에 쟁쟁거렸습니다. 그때 김생원의 모습이 꼭 신귀처럼 보이기는 했을 것입니다.

"내 꼭 그런 꼴까지 해야…… 아, 그리고 서빙고 정문을 지키는 문지기에게는 뭐라고 해야 하오."

허나 이미 한 입 거리 선비는 어둠 속으로 사라진 뒤였습니다.

"서빙고 서쪽 끝 담을 타고 넘어오면 아무도 모릅니다. 바로 그 담 밑에 있는 창고 옆 헛간에서 봅시다."

어둠 속에서 목소리만 들려왔습니다. 꼭 괴물의 목소리 같았지요.

"생원, 생원의 이름이 무엇이오?"

한참을 대답이 없자 김생원은 고개를 갸웃거렸습니다.

"이거 진짜 구미호에게 홀린 것인가?"

그 말이 끝나자마자 어둠 속에서 대답이 들려왔습니다.

"내 이름은 내일 서빙고에서 알려드리겠습니다."

잠시 후 멀리에서 다시 상대방의 목소리가 메아리처럼 나직하게 들려왔습니다.

"오늘 그대가 이 매화음의 선비들을 구하였소. 그대가 아니면 저 영노가 나를 때려눕히고 잡아먹은 후에, 여기 모인 양반들의 살점을 뜯어먹고 뼈까지 오독오독 씹어 먹었을 것이오. 그러니 생원께서는 오늘 밤 이 목멱산의 영웅입니다."

김생원은 보는 사람이 없는데 괜히 손사래를 쳤습니다.

"나, 참 영웅은 무슨. 내일 내가 갈지 안 갈지는 모르겠으나, 이것도 인연인데 서빙고에서 모인다는 이상한 계모임 이름이라도 알려주면 안 되려나?"

대답이 없어 김생원이 다시 술상이 차려져 있는 곳으로 발길을 돌리려 할 때였습니다.

"이름은 없습니다. 그냥 서빙고에서 모이는 선비들이라, 다들 서로를 빙고선비라 부르지요."

2 | 원한이 깊은 자가 밤에 있어

김생원의 집은 사대문 밖 성저십리 용산의 작은 기와집이었습니다. 그의 아버지가 그곳에 집을 구한 것은 꽤 오래전이었습니다. 가난한 양반이지만 물려받은 땅을 팔아 청계천 주변에 집을 얻었지요. 하지만 그의 아버지는 사대문 안에 인구가 점점 늘어 성저십리의 낡은 집도 가격이 오르리란 첩보를 들었습니다. 하지만 김생원이 어릴 때나 지금이나 집값은 마찬가지였습니다. 성저십리의 인구가 늘었어도 밤낮을 가리지 않고 도적떼가 종종 출몰하여 집값은 요지부동인 것입니다.

그렇다고 어린 시절 김생원은 성저십리 용산이 딱히 불편하지는 않았습니다. 중인, 양인, 노비, 무당, 이런 놈 저런 놈 섞여 사는 동네는 그의 놀이터였습니다. 심지어 아무것도 모르는 꼬마 시절에는 이웃집 노비 소녀와 격 없는 친구가 되기도 했습니다. 사대문 안에서라면 상상도 할 수 없는 일이지요.

허나 김생원은 관직에 오른 후에 매일 아침마다 죽을힘을 다해야 했습니다. 출근 때는 발바닥이 부리나케 달려서 사대문 안으로 들어가야 했지요. 그 때문에 선배들은 그를 김생원이 아니라 김쉰밥으로 불렀습니다. 출근하면 온몸이 땀으로 젖었고 시큼한 냄새를 풍겼으니까요. 일이 끝나면 늘 녹초가 된 몸으로 먼 길을 굽이굽이 걸어 집으로 갔지요.

하지만 이날은 다른 날과는 달랐습니다. 김생원이 어느덧 고개를 들어보니 집 앞이었습니다. 머릿속 상념이 그의 머릿속을 옭아매고 있었으니까요. 그 상념은, 고요한 밤 삼경을 알리는 종소리가 울리고 해시에서 자시가 넘어가도 마찬가지였습니다. 김생원은 잠을 이루지 못하고 이불 속에서 뒤척였습니다.

이날 그가 잠 못 이룬 까닭은 다른 밤과는 달랐습니다. 그의 나이 열아홉, 관례까지 올렸지만 장가를 들지 못한 총각이어서 밤이면 마음이 산란했지요. 하지만 이날 밤은 달랐습니다. 머릿속에 영노를 때려눕힌 그 순간이 잊히지 않았습니다. 더구나 구미호를 닮은 한 입 거리 선비가 영웅이라 칭해

준 것도 은근 기분이 좋았습니다.

'꽃을 보러 갔다, 괴물을 보았다. 그러다 영웅이 되었다. 참으로 기이한 밤이로다.'

어느새 축시가 가까워졌습니다. 빙고선비들이 모인다는 얼음창고 서빙고는 용산에서 멀지 않았습니다.

한번 마음의 결정을 내리자 김생원은 벌떡 일어났습니다. 서둘러 비뚤게 갓을 쓰고 일부러 남루하게 옷을 입고 신귀의 행색을 하였습니다.

'딱 오늘 하루만 기이한 밤에 동참하리.'

대문 밖으로 나오니 밤하늘의 별이 밝았습니다. 어제도 오늘도 별은 밝았습니다. 하지만 김생원의 눈에 들어온 밤은 어제와 달랐습니다. 어젯밤 그는 목멱산에서 나뭇가지를 꺾어 후딱 만든 목검을 휘두르며 목숨을 건 사투를 벌였습니다.

'영노란 놈은 양반을 잡숫는 괴물이었다. 그런데 그 괴물을 내가 잡은 것이나 다름없다.'

김생원은 심장이 벌렁거리고 온몸의 피가 콸콸 솟는 것을 느꼈습니다. 김생원은 신이 나서 신귀 행색으로 미친 듯 밤거리를 뛰어다녔습니다. 그의 모습이 꽤나 괴이쩍었는지 다가오는 야경꾼도 없었습니다.

'아, 하급 관리의 삶이 왜 이리 맞지 않는지. 칼을 들고 적장의 목을 따는 것이 내 몸에 흐르는 피인 것을.'

사실 김생원은 출세를 꿈꾸는 선비가 아니었습니다. 본디 목멱산이나 만리재를 뛰어다니며 사냥하는 자연인 체질이었죠. 그저 집안의 뜻에 따라 문관의 길을 택했을 따름입니다. 다행히 어느 정도는 글재주가 있어 소과에 합격했지만 그 일도 썩 즐겁지는 않았습니다.

허나 김생원은 본인의 운명을 받아들이고 살 수밖에 없었습니다. 날 때부터 가세가 풀썩 주저앉은 무관 출신 백면서생 집안의 장남이었으니까요. 그는 사대문 밖 성저십리 용산에 작은 기와집에서 일찍 홀아비 신세가 된 아비의 손에 여동생 순덕과 함께 자랐습니다.

그런데 무슨 운명의 장난이런가? 한 달 전에 순덕도 소박 맞아 집으로 돌아오고 말았지요. 그리하여 얼마 안 되는 푼돈의 급료를 받으며 가족의 생계를 짊어져야만 했습니다.

심지어 그의 집 주변에는 부유한 중인이나 양인도 많았습니다. 그들보다 부유한 노비들도 있었습니다. 양반으로만 태어났지 더럽게 안 풀리는 집안이었습니다. 양반이란 이름으로 쌀 한 줌 바꿔 먹기도 어려운데 말입니다.

김생원은 어느덧 서빙고에 도착했습니다. 그는 서둘러 서쪽 끝 담으로 향하였습니다. 단숨에 담벼락을 뛰어내려 서빙고 안으로 들어갔지요. 허나 그의 마음이 더는 설레지 않

있습니다. 냉기를 뿜는 거대한 얼음창고들은 섬뜩 했습니다. 그 얼음창고들 사이로 저승사자가 같은 군졸이 나타나 그를 추포할 것 같았습니다.

덩치가 큰 김생원은 머뭇거리다 그만 군졸의 눈에 띄고 말았습니다. 그를 향해 다가오는 군졸을 보자 몸이 얼어붙어 버렸습니다. 임기응변에 능하지 못해 어버버, 거리다가 도둑 으로 몰릴 것이 뻔했지요.

'어쩌나, 하, 이를 어쩌나.'

군졸이 그의 코앞에 섰습니다.

"어이, 이 야심한 시각에 얼음을 훔치러 왔소? 게다가 그 거지꼴은 무엇이요?"

김생원은 군졸 하나쯤은 멱살을 틀어쥐고 토끼가 방아 찧는 저 달까지 내던질 자신이 있었습니다. 하지만 자칫해서 하급 관리 신분이 들통나면 그 일자리에서 파직 당할 위험마 저 있었습니다.

"어이, 어제 목멱산에서 영노에게 잡아먹힐 뻔한 선비. 도 망칠 생각일랑 꿈도 꾸지 마시오."

김생원은 가늘게 눈을 떴습니다.

"하, 저 구미호 같은 상판."

"어지간히 궁금하셨나 보오. 축시에 맞춰 알맞게 도착했 으니."

"아니, 선비가 아니라 서빙고를 지키는 나졸이었소?"

허나 김생원의 눈에도 이 선비가 쓴 전립은 비뚜름하니 어색하기 짝이 없었습니다.

"아니로군. 역시 나졸의 흉내를 내는 구미호로군."

사실 진짜 나졸에게 붙잡혀 망신을 사느니, 그래도 구미호 같은 선비와 만나는 게 나았습니다.

"엽전 몇 닢 쥐어주면 하룻밤 나졸 흉내는 낼 수 있는 게 이 나라의 밤이지요. 이따위 재주 가지고 구미호는 무슨. 진짜 구미호는 문정왕후를 홀린 내 친척 누이지요."

그 말을 듣고 김생원은 자기도 모르게 둥그렇게 눈을 떴습니다.

"그쪽이 그럼 정난정의?"

정난정은 윤원형의 애첩으로 문정왕후의 장자방으로도 유명한 여인이었습니다. 결국에는 정경부인의 자리에 올라 이 나라를 뒤흔들고 있었지요.

"아이고, 뭐 그런 말에 놀라실까. 자, 약속대로 내 소개를 하지요. 내 이름은 감돌. 내 어미가 정난정의 막내 이모요."

"그렇다면 그 쪽은 양반이 아니라……"

"서얼 출신 이종사촌 누이가 정경부인이 되었는데 양반이 뭐 그리 대단하다고. 내 어미는 기생에 내 아비는 떠돌이 춤꾼이나 하는 노비라오."

"그럼 어젯밤 영노는?"

"뭐 나를 물어뜯긴 해도 잡아먹진 않았겠지. 양반 고기만 잡숫는 입 짧은 괴물이니."

김생원은 실실 웃는 감돌의 얼굴을 눈을 가늘게 뜨고 보았습니다.

'감돌은 정난정처럼 서얼도 아닌 밑바닥 인생이다. 하지만 밑바닥이면 어떠냐. 정난정과 이어진 감돌의 끈이 어떤 것인지 아직 알 수 없다. 어쩌면 그 빙지도 정난정이 주었을지 모르지. 이미 정난정이 신묘한 승려 보우와 내통한다는 소문이 사대문 안에 파다하게 돌고 있다.'

"자, 그리 실눈 뜨지 말고 어서 갑시다. 근데 진짜 딱 귀신 같은 꼴이로군."

감돌이 김생원의 옷차림을 보고 피식 웃었습니다.

"내 꼴이 이래서인지 오는 동안 순라꾼 하나 붙지 않더이다."

"당연하지. 사대문도 아닌 이 성저십리 으슥한 곳까지 순라꾼이 들어올까? 자칫하면 자기 목도 달아나기 쉬운데."

"그런데 주변에 군졸이 아예 보이지를 않는구려."

"이 일곱 번째 얼음창고는 당분간 막아두었으니까요. 그러니 여기까지 순찰을 나올 이유가 없지요."

감돌은 일곱 번째 빙고를 지나쳐, 구석자리에 있는 헛간

문 앞에 섰습니다.

"그래서 마음 편히 이 안에서 비밀 모임이 열린다오."

텅 빈 헛간 안으로 들어가자 서늘한 그림자가 가득했습니다. 얼음이 없는 데도 헛간 안은 살을 에듯이 싸늘했습니다.

옆에 서 있던 감돌이 나직하게 말했습니다.

"오늘 새로이 매화장군을 모셔왔습니다."

"매화장군이 누구?"

김생원이 큰 소리로 말하자, 감돌이 지그시 그의 발등을 밟았습니다. 그러고서 귀에 대고 속삭이듯 말했지요.

"여기 빙고선비들은 이름을 밝히지 않소. 선비들이 유학 대신 팔도와 귀신과 괴물에 대해 연구한다? 누가 그런 일을 하며 신분을 밝히겠냐는 거지."

갑자기 어둠 속에서 웃음소리가 터져 나왔습니다.

"매화장군이라, 그거 임금의 매화틀이나 지키는 똥간장 군인가 보군."

그 불미스러운 언행에 김생원은 깜짝 놀랐습니다.

이 나라 임금을 모독하는 말이라니. 하지만 헛간 안의 선비들은 누구도 화를 내지 않고 킬킬대며 웃었지요. 하긴 궁궐도 아닌 궁궐 밖 서빙고에서 나라님을 욕 한들 귀에 들어갈 턱이 없겠지요.

"매화장군 이곳에 처음 온 소감이 어떠시오?"

"아직 잘 모르겠습니다. 그런데 궁금한 것이 있습니다. 왜 하필 이 서빙고입니까?"

곧이어 어둠 속에서 목소리 하나가 들려왔습니다.

"바로 여기서 우리가 모이기 시작했소. 깊은 밤 얼음을 지키느라 졸음에 겨운 나졸들이 일곱 번째 빙고 옆 작은 헛간 안에 들어가 새끼줄을 만지작대며 무서운 이야기를 한 것이 시작이니까. 그리하여 이곳 서빙고 관청의 관리들이 끼리끼리 모여 팔도의 무서운 괴물 이야기를 하나둘 모으기 시작했다오. 나중에는 다른 선비들까지 몰래 여기에 모여 새끼줄을 만지며 각자 아는 괴물 이야기를 털어놓았지. 그렇게 빙고선비가 되었답니다."

"하지만 그때는 귀신이나 괴물을 잡는 사람은 없지 않았습니까?"

감돌이 슬며시 운을 띄웠습니다.

"그래서 자네가 대단하다네. 오늘도 괴물을 잡아왔는가?"

"여기 이 똥간장군하고 같이 목멱산에서 괴물 한 마리를 잡았지요."

어둠 속 곳곳에서 오, 하는 탄복의 소리가 들렸습니다.

김생원은 어둠이 눈에 익자 빙고선비들의 얼굴 하나하나가 눈에 들어왔습니다. 하지만 얼굴은 보이지 않고 고작해야 수염 정도만이 보였습니다. 그들은 각기 그들이 팔도에 소문으로 들은 괴이한 이야기들을 털어놓았습니다.

"함흥 어딘가에서 호랑이도 닮고 인간도 닮은 갓난애가 태어났다는군."

"경복궁에 나타났던 물괴가 이번에 한강에도 출몰했다지 뭔가."

"파주목 임진강에 또 흙탕물 홍수가 일었는데, 홍수가 끝나자 뻘을 뒤집어쓴 인어들이 나타났답니다. 무지몽매한 것들이 이 흉어를 탕으로 먹었다가는, 모두 그날 밤에 급사했다지 뭡니까?"

"그 임진강은 진짜 괴이한 곳이오. 흙탕물 홍수가 일어날 때마다 신기한 물고기들이 나타나니 말이오. 언제 한 번 나루터에서 임진강 유람이라도 떠나야겠소. 인어보다 더 신기한 물고기를 볼지 누가 알겠는가?"

그때 빙고선비 중 한 명이 영노 이야기를 꺼냈습니다.

"풍기에서 영노가 나타나서 양반을 잡아먹었다는 소문이 돌았다고 하오."

"또 영노 이야기요? 얼굴 붉은 원숭이에 주둥이는 새 부리라는? 이젠 듣고 싶지도 않소."

빙고선비들은 영노 이야기는 이제 지긋지긋한 눈치였습니다.

김생원은 영노 이야기가 나오자 어젯밤이 생생하게 떠올랐습니다. 기분 나쁜 웃음과 울음, 더러운 냄새. 그런데 어디선가 스멀스멀 영노의 냄새가 풍겨왔어요.

"나는 믿을 수 없소. 아니, 양반을 잡아먹는 괴물이 가당키나 하오? 그런데…… 끼끼끼끼."

갑자기 조용해졌습니다.

끼끼끼끼, 끼끼끼끼, 끼끼끼끼 울음소리만이 들려왔습니다.

김생원은 이 울음이 무엇인지 잘 알았지요. 사람의 정신을 혼돈하게 만드는 영노의 울음!'이거 어찌 된 건가?'

그때 감돌이 주섬주섬 호주머니에 무언가를 서둘러 꺼내는 소리가 들려왔습니다.

"선비님들, 그대들은 여기 서빙고에 있으면 아니 됩니다. 무서운 이야기를 즐기다가 억울하게 서빙고에 들러붙은 귀신으로 변해버린 선비님들. 그대들은 이미 산 사람이 아니요. 양반을 잡아먹어 분풀이하는 괴물 영노로 변하기 전에 이제 편히 가시오."

감돌이 꺼낸 것은 괴물 잡는 빙지가 아닌 여러 개의 향이었습니다.

불을 붙이지도 않고 입김만 불었는데도, 향을 휘두르자 헛간 안이 뿌연 연기로 가득해졌습니다. 연기는 북풍처럼 차가운 소리를 내며 허공을 휘휘 돌았지요. 그때 갑자기 헛간의 문이 활짝 열리고 그림자 같은 것이 튀어나갔습니다.

"가서 영노로 변한 빙고선비를 잡아두시오!"

감돌이 크게 소리를 지르자 김생원은 헛간 밖으로 달려나갔습니다.

김생원이 빠른 걸음으로 쫓았지만은 영노란 놈도 날쌔기가 담비보다 빨랐습니다. 영노는 세월을 날 듯 나무와 나무 사이를 건너뛰며 달렸습니다. 그러면서 세 번 네 번 계속 재주넘기를 했습니다. 재주넘기를 할 때마다 선비의 꼴이 점점 영노의 꼴에 가까워졌습니다.

김생원은 검은 그림자 같던 선비가 몸피 있는 괴물로 바뀌어가는 것을 보았습니다.

갓이 떨어지고, 상투에서 뿔이 자라고, 주둥이가 튀어나오고, 시커먼 두루마기가 펄럭펄럭 나부꼈습니다. 김생원은 돌을 주워 힘껏 돌팔매를 날렸지만 소용없었지요.

김생원은 바닥에 털썩 주저앉았습니다. 가쁜 숨이 사라지자 어느새 가슴 한구석이 아려왔습니다.

'저 괴물, 원래 나와 같은 선비였던 것인가?'

잠시 후 감돌이 혀를 차며 그의 곁에 나타났습니다.

"내 똥간장군을 믿었건만. 결국 영노를 놓치셨구려."

김생원은 끄응, 소리를 내며 일어섰습니다.

"감돌인지 개돌인지 똑바로 말하지 못할까? 네 어찌 양반을 속여 귀신들이 들끓는 곳으로 끌어들이는가?"

감돌은 김생원이 눈을 부라려도 무섭지 않은지 쪼그려 앉아 호주머니에서 향을 꺼냈습니다. 감돌은 부싯돌로 불을 붙여 향을 피우더니 그 향을 김생원에게 건넸지요. 아까 영노가 될 뻔한 얼음선비들의 혼령을 담은 그 향이었습니다.

"저승으로 천도할 이들을 위해 축문이라도 읊어주오. 나는 글을 제대로 몰라 할 수가 없으니."

김생원 역시 일단은 불행한 선비들을 위해 기도하고 싶었습니다. 그래서 마음을 가다듬고 넋을 보내는 축문을 읊었습니다. 축문이 끝나자 감돌이 남은 향을 땅속에 묻었습니다.

"저들은 이미 오래전에 억울하게 죽은 관리들이라오. 그들이 말한 대로 서빙고에서 밤에 잠이 오는 관리들이 무서운 이야기나 나누며 밤을 지새우려 모인 모임이긴 했습니다. 후에는 아예 이물학이라고 괴물에 관한 연구까지 하였는데, 운이 없게도……"

인종 독살에 대한 소문이 돌던 때였습니다. 빙고선비들의 모임이 발각되면서 사달이 났습니다.

빙고선비들은 유학자로서 괴물이나 혼령, 혹은 괴이한 사건들을 연구했다고 자백은 하지 못했습니다. 결국 의금부의 고문 끝에 도깨비나 불가살 같은 괴물에 대해 공론을 나누었소,라고 말했지만 믿지 않았지요.

사실 의금부는 처음부터 그들을 그저 인종 독살의 헛소문을 퍼뜨린 반역 패거리 중 하나로 찍어놓았습니다. 결국 이들은 모두 참형을 당하였습니다.

"몸은 갈기갈기 찢겼으나 억울한 귀. 그들이 이승을 떠나기가 어디 쉽습니까? 더구나 한날 한 시에 참형을 당한 이들은 무슨 이유인지 태연하게 서빙고로 돌아갔습니다. 죽어도 죽은 것을 모르는 생귀가 되어 돌아간 것이지요. 그다음부터 자정이면 서빙고의 일곱 번째 얼음창고 옆 헛간에 나타나 괴물에 대해 논하였습니다. 새끼줄을 가지러 온 일꾼이 그 모습을 보고 놀라 거품을 문 일이 여러 차례."

"아니, 저승사자는 왜 그들을 데려가지 않았는가?"

"그건 내가 아직 저승사자를 만나지 아니해서 모르겠소만."

비록 두 사람은 미처 알지 못했지만, 인간 세계에서 아직 모르는 염라국의 법규가 있습니다. 염라국에서 운명으로 정해진 죽음이란 늙어 죽는 것과 사고로 죽는 것이 전부입니다. 고로 목숨이 다해 죽는 사람, 운명에 의한 사고로 죽는 사람에게만 저승사자가 방문합니다. 하지만 나라에서 관장하는 참형이나 타인에 의한 살인, 혹은 스스로 목숨을 끊는 자살은 염라국의 책자에 정해진 죽음이 아닙니다.

그것은 저승국이 아닌 국가 혹은 인간들끼리 만들어낸 죽음입니다. 염라국에서는 나라의 권한으로 참형 당한 이들의 죽음을 알지 못하지요. 살인과 자살한 사람의 죽음도 알지 못합니다. 그 때문에 저승에 기록된 죽음의 날이 올 때까지, 스스로를 죽은 귀라 믿지 않고 이승을 떠돈답니다.

다만 이들을 저승으로 보낼 방법이 하나 있습니다. 억울하게 죽은 이를 위해 기도해 주면 염라국의 책자에 죽음이 적혀 저승사자가 그들을 찾아오지요.

"하여튼 죽어도 죽지 않는 귀, 생귀는 결국 언젠가 시간이 되면 다른 귀로 변하기 마련이오."

그제야 김생원의 머릿속에서 찰랑, 엽전 꾸러미 흔드는 소리 같은 것이 들려왔습니다.

"그럼 저런 억울한 선비의 귀가 결국 양반 잡아먹는 영노로 다시 태어난다는 것인가?"

"똥간장군이 힘만 쓸 줄 아는 바보는 아니시군요. 한 십여 년 전만 해도 수십 년 간 과거시험에 떨어져 신세한탄을 하고 목을 맨 선비들이 주로 영노가 되었다 하오. 하지만 이번 한양의 영노들이 태어나는 이유는 뭔가 좀 다른 것 같지만."

그렇게 말하고서 감돌은 자리에서 일어났습니다.

"그런데 그런 이야기를 어디서 들었는지, 국모를 손에 쥐고 흔드는 정난정이 그런 비사까지 알고 있는가?"

"아, 그 농을 아직까지 믿고 있소? 이 양반 순진하시군. 사대문 안과 이곳 성저십리에 정난정 친척이라 내세우는 중인이나 서얼, 기생이나 들병이들이 수백 명쯤 되는 걸 모르시오? 정난정이 했으니, 우리도 그쯤은 될 수 있다!"

감돌은 피식 웃고는 뒷짐을 지고 걸어갔습니다.

"그런데 어찌 서빙고에 생귀가 출몰한다는 것을 알았소?"

"당연히 궁에서 연통이 왔지요. 선비들이 글을 읽을 때 우리는 유교 경전에는 적혀 있지 않은 잡스러운 괴물, 귀신 이런 것들을 처리하니까."

빙고선비가 말을 잇지 못하고 입을 다물었습니다.

"자세한 말을 듣고 싶다면 내일 술 시경 성저십리의 이태원 주막거리로 찾아오시오."

어느덧 김생원의 마음은 다시 이상하고 괴이한 세계로 슬며시 기울었습니다.

3 | **이태원의 붉은 구름**

빙고선비를 만난 그 밤, 김생원은 늦잠을 잤습니다. 급기야 소박 맞고 본가로 돌아온 여동생 순덕이 벌컥 문을 열어젖혔지요.

"오라비, 해가 이리 쨍쨍이 떴는데 아직도 이러고 계십니까?"

김생원은 졸음이 덜 깬 눈으로 주위를 둘러보았습니다. 빙고의 헛간이나, 그림자 같은 빙고선비, 선비에서 괴물이 된 영노도 없었습니다.

밤의 일은 모두 꿈만 같았습니다. 김생원은 세수도 하는 둥 마는 둥하고 상투도 제대로 묶지 못하고 망건 안에 욱여넣었습니다. 삐져나온 머리카락은 살쩍밀이로 망건 속에 재빠르게 집어넣었습니다.

　김생원이 관복을 입고 막 나서려는데, 우물에서 길어온 물로 설거지를 하던 순덕이 일어나 말했습니다.

　"이미 늦었습니다. 아무리 축지법을 쓴다 한들 지금 가면 벌점을 면치 못할 텐데. 차라리 병가를 내는 게 어때요?"

　"유학자이자 나라의 관리로서 어찌 거짓으로 병가를 내겠느냐? 내 당당히 벌점을 받겠다."

　김생원은 씩씩거리며 대문 밖으로 달려 나갔습니다. 하지만 숭례문을 향해 걷는 걸음이 점점 무거워졌습니다. 그는 걷다 말고 툭툭 돌을 걷어찼습니다. 목멱산에 올라가 사냥이나 하고 싶어졌습니다. 봄 햇살을 이불 삼아 한숨 늘어지게 자고 싶었습니다. 허나 백면서생 아버지와 열여덟 한창나이에 소박맞은 여동생을 두고 그럴 수는 없었습니다.

　역시나 김생원은 지각 벌점을 받았습니다. 하급 관리에게 벌점의 타격은 상당하였습니다. 벌점이 쌓이면 운 좋게 얻은 일자리라도 쫓겨날 수 있습니다. 하급 관리란 승진의 운보다 퇴사할 위험이 더 컸고, 김생원처럼 뒷배가 없는 하급 관리는 더욱 위험하였지요.

　김생원은 그날 집으로 돌아와 마음을 다잡았습니다.

　"됐다. 이제 더는 됐다. 내가 쫓겨나 걸식 선비가 되면 내 스스로 목숨을 끊고 영노가 될지도 모르리."

김생원은 목멱산과 서빙고에서의 일은 모두 잊으리라 다짐하고 잠자리에 들었습니다. 더구나 궁궐에서 한낱 하층민에게 생귀를 잡으라고 요청을 한다? 그런 일은 도저히 일어날 수 없었습니다. 모두 그 구미호 같은 사내가 꾸며낸 거짓부렁일 것이었습니다.

허나 그날 이후 김생원은 내내 악몽에 시달렸습니다. 꿈속에서 거대한 불가살이나 물괴가 나타났지요. 김생원은 두 손에 퉤퉤 침을 뱉고는 괴물들과 맨손으로 씨름해 그들을 집어던졌습니다. 하지만 기쁨도 잠시, 포효를 지르며 양팔을 치켜들면 훌렁 바지가 내려갔습니다. 그러면 어디선가 영노들이 나타나 그를 물어뜯었지요. 불알을 뜯어내고, 내장을 파먹고, 심장과 간을 나눠먹었습니다. 그 바람에 놀라 잠에서 깨면 오금이 저리고 한숨이 절로 나왔습니다.

'내 혼귀와 괴물과 다투느라 기가 허해졌구나. 이번 휴일에 사냥이라도 나가야겠다.'

김생원은 어린 시절 먹었던 꿩고기가 생각났습니다. 그 고기를 먹었더니 온몸이 날아갈 듯 힘이 솟던 기억도 났지요. 허나 꿩은 나라에서 관리하기에 함부로 잡을 수 없었습니다.

"에이, 꿩이나 토끼나 뛰어다니기는 마찬가지. 휴일이 되면 뒷산에서 몇 마리 잡아 삶아야겠다."

허나 휴일에 김생원은 토끼 사냥을 나가지 못하였습니다. 사냥 차비를 하고 나설 때였습니다. 순덕이 한 사내와 함께 그의 앞에 나타났습니다.

"오라비, 손님이 찾아왔소."

김생원은 자색 비단 두루마기를 걸치고 부채로 입매를 가린 그 사내를 알아보지 못할 뻔했습니다. 허나 그 구미호처럼 요망한 눈과 얼음장 같은 차가운 미소를 보자 단번에 알아차릴 수 있었지요.

"이 무례한 놈, 어찌 도술을 부려 나를 찾았느냐?"

갑자기 순덕이 손사래를 쳤습니다.

"오라비도 참, 오라비가 지난번 목멱산에서 이 선비님의 목숨을 구해주었다면서요. 그 사례를 하러 왔다는데 왜 그러는지."

"그 사내는 선비가 아니다. 선비의 옷을 입은 구미호지."

순덕이 잠시 감돌을 위아래로 훑어보았습니다.

"아이고, 왜 그러실까? 이 몸 양반을 속이는 요물이지만 구미호는 아니지요."

"그만 돌아가시오. 이 자가 나가면 순덕이 너는 소금이나 대문 앞에 뿌리려무나."

김생원은 감돌의 눈을 일부러 힘주어 바라보고 고개를 돌렸습니다.

"그럼 나는 오늘 사냥을 하러 가야 해서."

허나 감돌은 서둘러 나가는 김생원 뒤에 따라붙었습니다.

"며칠간 무서운 꿈을 꾸지 않았습니까?"

"내 기가 허해져서 그런 모양이다 싶으니 토끼 사냥을 가는 것이다."

"기가 허해진 게 아니라 몸이 느끼는 거지요. 귀신과 괴물을 잡고 싶어서."

"몸이 느낀다?"

김생원의 걸음이 저절로 멈춰졌습니다.

"나도 그런 꿈을 꾸었으니 잘 알지요. 나는 제일 처음 잡은 것이 토막 귀신이어서 꿈마다 토막 난 귀신들이 쫓아다녔다오. 한번 귀의 세계에 엮인 사람은, 귀기에 코가 끼이는 게 세상 이치인지라."

김생원이 눈을 가늘게 뜨고 감돌을 쳐다보았습니다.

"일단 나를 따라오면 그깟 고기 실컷 뜯을 수 있소."

"거기까지 가서 고기를 뜯고 싶진 않고."

하지만 말과 달리 그의 배에서는 꼬르륵, 소리가 들렸습니다. 보리밥 한 공기에 김치 몇 조각, 거기에 장정의 배가 채워질 리가요.

"자, 그날 밤 목멱산에서 차린 것보다 더 거한 고기를 사리다. 우리가 또 그 정도는 되는 사람들이거든. 무엇을 해서?

귀신하고 괴물을 잡아서."

김생원이 고만하고 있을 때 뒤에서 순덕의 목소리가 들려왔습니다.

"오라비, 함께 갑시다. 사냥보다는 이쪽이 더 재밌을 거 같으니까."

그러면서 순덕이 두 사람 사이에 끼어들었습니다.

"아녀자가 갈 만한 곳이 아니다. 이 자가 있는 곳은."

순덕이 고개를 갸웃거렸습니다.

"아니, 소박맞은 아녀자가 이 나라에서 아녀자요? 과부 귀신이나 다름없지. 나 아무 데나 갈 수 있어요."

감돌이 묘한 웃음을 흘리며 순덕을 바라보았습니다.

"함께 가서도 좋습니다. 누구나 올 수 있죠. 꼭 선비들만 쑥덕공론을 할 수 있는 건 아니니까."

"그래요, 무엇인지는 모르겠지만 개떡 공론이라도 들어보고 싶어지던걸요."

그때 감돌이 부채로 얼굴을 가리며 말했습니다.

"물론 그곳이 이태원이라, 젊은 아씨께서 보시기에는 좀 얼굴이 붉어질 수도 있습니다."

이태원은 성저십리에서 일찍이 여관과 주막이 자리 잡은 곳입니다. 한강의 나루터와 멀지 않아 한양에 올라오는 수많은 사람들이 오고 갔지요. 인삼을 사러 명나라에서 온 상인들도 낯선 말로 떠들고 다녔습니다. 가끔은 눈은 큰데 얼굴 까맣고 코가 낮은 남방국 상인들까지 이곳에 오기도 했습니다.

때문에 이태원에는 외국인 상인이 손님으로 드나드는 난전이 서고는 했습니다. 눈썰미가 좋으면 인삼이나 백자를 싼 사격에 얻을 수 있습니다. 하지만 어수룩한 자들은 말린 도라지를 인삼으로 잘못 사거나 주막에서 쓰는 싸구려 술병을 비싼 가격에 덜컥 사곤 합니다. 난전의 상인 중 어떤 이들은 낮에는 상인, 밤에는 도적으로 변한다고도 했습니다. 낮에 물건을 팔고, 밤에 다시 손님을 찾아가 습격해 물건을 빼앗아 오는 일도 있었지요.

뿐만 아니라 난전에서는 늘 취객과 들병이들로 북적거렸습니다. 그 때문에 양반집 규수만이 아니라 양민의 아낙들도 함부로 가지 않는 곳이 여기였지요.

"아씨, 이태원은 아낙네들에게 늘 위험이 도사리니, 조심하셔야 합니다."

이태원 난전 거리 앞에 도착했을 때 감돌이 다시 한번 말했습니다.

"내 몸 하나 지킬 힘은 됩니다."

순덕이 손에 쥔 비녀를 보여주며 말했습니다.

김생원의 눈에는 그 비녀가 익숙했습니다. 비녀는 여동

생이 시댁에서 하룻밤 만에 소박맞아 돌아왔을 때 들고 있던 것이었습니다.

'내 여동생은 나 못지않은 장사다. 하지만 그 힘으로 첫날밤에 이유 없이 지아비를 때려눕힐 정도로 안하무인은 아니다. 그렇다면 왜 보따리를 싸서 말없이 집으로 돌아온 것인가.'

감돌의 안내에 따라 두 사람은 이태원의 거리에 들어섰습니다. 아직 해가 지기 전이고 사대문 밖이었는데도 사람들로 북적거렸습니다. 사방팔방 곳곳에서 꽹과리며 태평소 소리가 요란했습니다. 족두리를 쓰고 여장을 한 남사당패 사내들이 기생 춤을 추었고 각설이들도 타령을 부르며 사람들을 끌어모았습니다. 또 한 곳에서는 중국인 상인들이 자기들끼리 낯선 언어로 낄낄대며 웃고 떠들었지요. 길가에서 술에 취해 들병이를 부둥켜안은 취객들도 있었습니다.

"사대문 밖 성저십리에 이런 곳이 있다니 괴이하기 짝이 없다."

김생원이 혀를 끌끌 차며 말했습니다.

"여기도 다 사람 사는 곳이지요. 어디 방구석 선비처럼 살아야만 사람인가요."

김생원은 여동생 순덕의 말에 놀라고 말았습니다.

지금껏 순덕이 도통 무슨 생각을 하는지 알 수 없는데, 입을 열고 이런 말이나 하자 더욱 놀랐습니다.

'이 아이가 아침마다 내 잠이나 깨우던 아이가 맞단 말인가?'

하지만 김생원은 잠시 후 더 놀라고 말았지요. 그와 함께 근무하던 상급 관리 하나가 상투까지 풀어헤친 채 술에 취해 웃어대고 있었으니까요. 그는 서둘러 그 모습을 못 본 척하고 발길을 재촉했습니다.

"왜, 아는 얼굴이라도 보셨소?"

감돌이 뭔가를 아는 표정으로 김생원을 바라보았습니다.

"내가 헛것을 본 모양이군. 이 동네에 양반이 있을 리가 있나."

감돌이 픽 웃음을 터뜨렸습니다.

"잘 봤소, 양반도 상놈이 되는 동네이니. 이 거리에 흘레붙은 개처럼 노는 놈들이 사대문 안으로 들어가면 다 양반 행세를 하는 놈들이라는 소문이 있지."

김생원은 흠흠 헛기침을 했습니다.

마침 주막 골목 안쪽에 두 남녀가 서로의 옷 속으로 손을 집어넣으며 비비적대는 것을 보았기 때문입니다. 아직 해가 지기도 전이었고, 길 한복판이었습니다. 김생원은 성리학의 도리로는 배우지 못한 야릇한 기분이 배꼽 밑에서부터 밀려왔습니다. 그는 서둘러 고개를 돌려 외면하였습니다.

감돌은 난전의 바침술집에 술을 한 병 사고, 노점에서 안줏거리를 샀습니다. 그러고는 그것을 들고 앞서 걸어갔습니다. 어느새 세 사람은 주막이 늘어선 골목 끝 막다른 길에 이르렀습니다.

그곳에 ㅁ자형의 기와집이 있었습니다. 기와집은 평범한 민가였으나 그 기와집 위에 뜬구름이 희한하였지요.

"그런데 저 구름은 왜 저리 괴이하지요?"

순덕이 기와집 위의 하늘을 가리켰습니다.

어느새 해가 점점 기울어져 하늘은 노을빛으로 물들어 갔습니다. 그렇더라도 대궐 위 뭉게구름은 피처럼 붉었습니다.

"마치 닭 피에 적신 구름처럼 보이네요."

감돌이 감탄 어린 눈으로 순덕을 바라보았습니다.

"눈썰미가 대단하시네요. 맞습니다, 이 집의 주인 황철 어르신이 닭 피로 만든 결계로 하늘을 막아두었지요."

"역시, 제 짐작대로 이곳이 황철 어르신의 집이군요."

김생원이 놀라서 순덕을 바라보았습니다.

"황철, 그 자가 누구이기에 아녀자가 함부로 낯선 사내의 이름을 올리느냐?"

"오라비도 참, 사대문 안이나 밖이나 귀신 잡고 괴물 잡는 황철을 모르는 이가 있는 줄 압니까? 얼마 전에도 김판서 댁

곳간으로 들어간 백 년 묵은 지네를 잡아다가 쫓아내줬답니다."

"지네가 백 년 묵으면 그 수많은 다리를 팔락거려 용처럼 날아다니더군요."

갑자기 순덕의 얼굴에 화색이 돌았습니다.

"아니, 거기에 계셨어요?"

"아씨, 저는 황철 어르신이 가는 곳이면 어디든 따라다니는 몸입니다."

감돌과 순덕은 이어 물괴니 귀불이니 야광귀니 유인수니 인면조니 여러 괴물에 대해 신이 나서 떠들어댔습니다.

두 사람의 대화 앞에서 꿀 먹은 입이 된 김생원은 머리를 긁적였습니다. 하급 관리로 일을 시작한 지 이제 겨우 반 년, 일이 바빠 세상 돌아가는 소문에는 귀를 막고 지냈지요.

"어허, 성리학의 나라에서 이 무슨 괴물 이야기로 날을 세려하는지. 남의 집 앞에서 이리 떠들면 쓰나. 어서 들어가세."

김생원이 먼저 문을 열고 안으로 들어갔습니다.

그때 순덕이 감돌에게 나직하게 말했습니다.

"근데 저는 아씨가 아니에요. 이 몸은 아까 말했듯……"

김생원이 듣지 못할 만큼 감돌이 작은 소리로 말했습니다.

"이런들 어떠하고, 저런들 어떻습니까. 아직 아씨는 봄날의 나이 아니십니까? ……그리고 다 이유가 있어 지아비의 목을 비녀로 찔렀겠지요."

그러더니 입가에 야비한 미소를 지었습니다. 어쩌면 부드러워 보이려 그랬을지도 모르지만, 그게 뜻대로 되지 않았겠지요. 칼을 입에 물고 웃는 사내니까요.

"어르신께서 이미 아씨에 대한 소문을 알고 계십니다. 아니, 이쪽 사람들 사이에는 파다하게 소문이 퍼졌지요. 누구네 집 며느리가 서방한테 들러붙은 처녀귀신 떼어내려 비녀로 목을 찔렀더라."

순덕이 고개를 끄덕였습니다.

"역시, 그랬구나. 소문 참 빠르네. 근데 사실과는 좀 다릅니다. 처녀는 아니고 백발 할멈이었습니다. 그 집 고조할머니가 아들을 낳지 못해 결국 첩을 들여 대를 이었지요. 그래서 아들에 대한 애착이 심한 귀신이 되어, 손자에게 들러붙어 떠나질 않았답니다."

4 | 어깨에 올라앉은 혼령

그렇습니다. 어떤 혼령은 사랑하는 이를 떠나지 못하고 들러붙어 귀신으로 살아갑니다. 지금 주절주절 김생원과 순덕, 황철 영감의 이야기를 떠드는 저도 마찬가지고요.

저는 성저십리 용산에 살던 일곱 살 노비 소녀였지요. 돈에 사고 팔리는 신세에 자유가 없는 밑바닥 인생. 다만 저희 집은 주인집에 거주하는 솔거노비는 아니었습니다. 사대문 안에서 대부대귀한 집안의 외거노비로 성저십리 넓은 농토에 농사를 지으며 지냈습니다. 당연히 이웃인 김대감 집보다야 훨씬 형편이 나았지요. 가끔 김생원의 어머니가 노비의 집으로 쌀을 꾸러 올 때도 있었으니까요.

비록 노비와 양반의 신분 차가 있다지만, 두 집안은 사이가 그리 나쁘지 않았습니다. 특히 김생원 즉, 어린 시절의 성무와 저는 남녀의 차이도 잊고 절친하게 지냈습니다. 제 생일에 성무가 토끼 한 마리를 잡아와서 건네준 적도 있었지요. 어른들이 없는 자리에서는 우리끼리 말을 높이지도 않았습니다. 성무의 여동생 순덕은 양반과 노비의 신분도 잊고 저를 언니라 부르며 따르기까지 했습니다.

성무 역시 내가 노비인 것을 그리 신경 쓰지 않았습니다. 하지만 어른이 된 성무는 어린 시절의 호방하고 천방지축인 성격과는 좀 다르게 자랐습니다. 답답한 집안을 건사해야 해서인지 꽁생원이 되었습니다. 덩치 좋고 힘도 천하장사인데, 마음의 그릇은 기껏해야 밥공기 정도였지요. 그래도 저는 이런 성무가 밉지 않습니다. 첫정이란 그런 거니까요.

과거의 성무가 내게 친구 이상의 감정이 있었는지는 모르겠습니다. 천둥벌거숭이 같던 노비 소녀를 그냥 옆집 동무로 여겼을지도 모르죠. 그거라도 답을 듣고 세상을 하직했다면 좋았건만.

아, 양반과 노비의 신분 차이 때문에 묻지 못한 것은 아니었습니다. 일단 노비였지만 저희 집은 꽤 잘 살았고, 양반인 성무의 집은 겨우 입에 풀칠이나 할 정도였지요. 그래서일까, 사랑에 신분이 무슨 상관이란 생각도 했습니다.

아마 제가 철없는 노비 소녀라서 배운 게 없고 막무가내라 그렇게 생각했는지도 모릅니다. 머리가 굵어지고 신분 차이를 뼈저리게 느끼면 제 첫정을 어이없게 생각했겠죠. 노비에겐 아무리 찢어지게 가난한 집 하급 관리도 오르지 못할 나무니까요.

허나 그런 현실을 깨닫기 전에 저는 행복하고 넉넉했던 노비의 신분에서 생을 마감하였지요. 온 가족이 성저십리에 돈 돌림병이 걸려 허무하게 삶이 끝났습니다. 노비의 장례를 치러줄 사람은 아무도 없었지요. 이웃들이 모두 들어와 물건들을 훔쳐 갔을 뿐. 다만 가난해도 양반의 기품이 있던 김 생원의 집에서는 그렇지는 않더군요. 성무가 마당에서 갈 곳 모르던 토끼를 거둬주었을 따름입니다.

그런데 신기하게도 성무는 전날에 저와 제기를 차고 놀았단 말입니다. 왜 저만 죽고, 성무는 살았는지. 죽음에도 신분 차이가 있는 건지. 하지만 그런 걸로 성무를 원망하지는 않았지요. 거적에 싼 제 시체가 밖으로 나갈 때, 성무는 토끼를 안고 나를 위해 엉엉 울어주었으니까요.

그때 혼령으로 이 모두를 지켜보던 나는 이런 생각이 들었습니다. 혼령의 존재는 생각보다 자유로웠습니다.

한번 토끼에 숨어볼까? 그럼 저승사자가 못 찾을 텐데.

결국 제 혼은 토끼에 스르르 숨어들었습니다. 토끼는 양쪽 귀만 쫑긋거릴 뿐 별 반응은 없었지요. 운이 좋게도 저승 사자는 토끼의 몸에 스민 노비 소녀의 영혼을 찾지 못했습 니다.

허나 그날부터 놀람증이 든 토끼는 몇 달을 채 넘기지 못 하고 눈알이 튀어나온 채 숨이 끊겼죠.

음, 토끼가 없어? 그럼 어때, 성무가 있는데.

그 이후에 저는 죽 성무의 어깨에 앉아 지내왔습니다.

소꿉친구의 죽음에 울던 성무는 사라졌습니다. 성무는 하루가 다르게 팔과 다리가 길어지고 어깨와 가슴은 넓고 두 꺼워졌습니다.

성무와 십 년을 함께했지만, 늘 성무와 함께 있던 것은 아 니었습니다. 성무가 잠들면 저는 혼령의 몸으로 한양의 밤하 늘을 떠돌았습니다. 사대문 안과 성저십리를 오가며 기생집 과 여관에서 떠도는 한양과 팔도의 뒷이야기들을 주워들었 지요. 또 가끔은 그 밤에 사대문 안을 어슬렁대는 불행한 원 귀들도 보았습니다.

그들에 비해 내 팔자는 어찌나 편하던지. 하여튼 어느덧 이것저것 주워듣다 보니 저 노비 소녀도 이렇게 홀로 중얼대 는 버릇이 생겼습니다. 귀와 눈이 밝아지고 말이 많아진 것. 그게 바로 노비 소녀에서 혼령이 된 저였지요. 이상하게 냄 새는 맡지 못합니다. 오히려 다행이라 생각해요. 세상의 큼큼

한 구린내를 맡지 않고 살아왔으니.

다만 들어주는 사람이 없어 혼자 떠들어대는 건 좀 쓸쓸한 일이기는 합니다. 지금처럼 말입니다. 만약 여러분이 제 목소리를 듣는다면, 지금 귀신과 통하는 귀문이 열린 상태일 것입니다.

끼끼끼끼. 끼끼끼끼.

아, 저도 잠깐 영노 흉내를 내 보았네요.

성무는 귀문이 열리지를 않았습니다. 저와 오랜 세월 함께였으나 저를 보거나 목소리를 듣지 못합니다. 꿈과 현실이 오가는 멍한 상태에서 저를 보고 화들짝 놀란 적은 몇 번 있었지요. 대신 순덕은 몇 번 저를 보았습니다. 그 아이가 저를 모른 척하는 게 느껴졌어요. 아마 순덕이가 마음만 먹었다면 저를 멀리 내쫓았을지도 모릅니다.

어린 시절 배곯는 순덕에게 개떡이라도 챙겨준 게 이렇게 저를 보호해 주다니요. 이건 뭐 개떡에게 감사해야 하나요?

자, 저의 이야기는 여기서 끝내고 다시 이 나라 최고의 귀신 잡이 황철을 만나보렵니다.

과연 황철은 김생원의 넓은 어깨에 앉아 두 발 동동 흔드는 노비 소녀의 혼령을 볼 수 있을까요?

제가 어찌 적색 결계를 통과했느냐고요? 그 결계는 독한 마음을 품은 원귀만 걸러내는 모양입니다. 저는 그저 첫정 남자의 듬직한 어깨를 꽃가마 삼아 이리저리 세상을 구경한 팔자 좋은 혼령이었죠. 그 때문에 좀 미안하긴 하지만 김생원은 제가 어깨에서 내려올 때까지 장가는 글렀어요.

김생원과 순덕은 감돌을 따라 황철의 기와집 안으로 들어갔습니다. 유명한 귀신 잡이가 사는 곳치고는 소박했지요. 안채, 사랑채도 없이 그저 몇 개의 방과 마루, 부엌이 ㅁ자 형으로 붙어 있었습니다. 그 때문에 네모난 지붕 밖으로 하늘이 보였습니다. 그 하늘에 붉은 피구름 같은 적색 결계가 떠 있었지요.

집의 규모도 실망스러웠는데 황철 영감은 그보다 더하였습니다. 그냥 부스스하고 오래된 빗자루처럼 바싹 늙은 영감이었지요. 상투도 묶지 않아 파뿌리 같은 백발이 구불구불하게 귀밑까지 흘러내렸습니다. 듬성듬성한 머리카락 사이로는 주름진 홍시 같은 두피가 보였습니다.

순덕이 역시 마찬가지였는지 황철 영감을 황망하게 바라보았습니다.

"제가 듣기로는 황철이란 귀신 잡이는……"

황철이 힘없이 입을 벌리며 웃자 앞니와 어금니가 빠진 숭한 잇몸이 다 드러났죠.

"아녀자처럼 곱게 생긴 사내가 괴물 잡는다는 소문이 돌았겠지. 그 소문 그거 다 헛소문이오. 비녀로 시대 조상신 잡은 아씨, 함께 온 젊은 사내가 내 이름 황철을 팔고 다닌다오. 나는 지금 너무 늙어서 귀신이나 괴물 잡으러 다닐 처지는 아니거든. 내가 영노한테 달려들어 봐. 내가 양반은 아니지만 그냥 단숨에 내 모가지를 꺾을 테니."

그제야 적색 결계가 이해가 갔습니다. 그 결계, 황철 영감의 숨통이었어.

"잘 들으시오. 우리 귀신 잡이는 세 가지 힘을 갖춰야 한다 하오. 원귀와 괴물의 위치를 재빨리 찾아내는 매의 눈. 괴물을 때려잡을 수 있는 범의 주먹. 나머지는 괴물을 재빠르게 빙지로 생포하는 원숭이의 손이라오. 하지만 그 세 개를 다 갖춘 술사는 내가 처음이자……"

황철 영감은 허리가 꺾어져라 기침을 하는 바람에 더는 말을 잇지 못하였습니다. 그리하여 이번에는 감돌이 대신 설명을 이어갔습니다.

"김생원도 보았겠지만 일단 이 몸은 범의 주먹은 아니오. 타고나길 선비도 아닌데, 선비처럼 약한 골격을 타고났지 뭐요."

"아니, 그럼 나는 선비 아닌가?"

김생원이 툭 끼어들었습니다.

"아, 소도둑이 아니라 선비였지."

감돌의 농담에 순덕이 피식 웃었습니다.

겉보기에 감돌과 순덕은 미묘하게 달랐습니다. 둘 다 힘이 장사인 것은 마찬가지였습니다. 하지만 감돌 쪽이 떡갈나무처럼 떡 벌어졌다면 순덕은 대나무처럼 길쭉하였지요. 거기에 물동이를 지고 거닐면 지하대장군이 저벅저벅 걸어가는 것만 같았습니다. 그러니 남편의 목을 졸라 소박맞아 왔을 때도 별별 소문이 다 돌았지요. 그 소문은 엉성한 미투리마냥 같잖아서 입에 올리지는 않겠습니다.

그건 그렇고 감돌은 어떻게 황철 영감의 이름을 팔아 귀신과 괴물을 잡고 다녔는지 고백하였지요.

"황송하게도 이 나라 최고의 귀신 잡이 황철 영감님께서 나와 함께하며 귀신이나 괴물이 있는 장소를 알려주셨지요. 목멱산처럼 노인의 힘으로 오르기 힘든 곳에는 미리 혜안으로 어디쯤에 괴물이나 귀신이 나올 것이라고 하였습니다. 이번 영노의 건도 마찬가지. 매화음이 있는 밤에 영노 한 마리가 출몰할 것이라 짚어주셨죠. 허나 범의 주먹을 가진 선비가 그곳에 있을 줄이야!"

김생원이 혀를 찼습니다.

"귀신 잡이라니 그런 천한."

"김생원, 여기는 사대부의 나라입니까?"

김생원이 황철 영감을 노려보았습니다.

"청렴하고 바르게 유교의 정신으로 이끌어가는 나라 아니던가?"

"하지만 이 나라의 밤은 다르지요. 귀신과 괴물이 난동을 부립니다. 아니, 꼭 귀신까지 갈 것도 없습니다. 아까 이태원 난전을 보셨지요. 그것이 어디 청렴이오? 사대문 밖 성저십리라 그렇다? 해가 지고 사대문 안 종로 시전 뒷골목에 가보신 적 있소. 그곳에서 술에 취해 홀딱 벗은 야차가 된 선비들을 여럿 볼 수 있을 것이오."

김생원은 입맛이 썼습니다.

"하고 싶은 말이 뭐요?"

"김생원 나리, 제가 선비의 길을 가지 말라 했습니까? 마음만 바꾸면 우리처럼 괴물과 귀신을 잡아 큰 재물을 얻을 수 있소. 낮에는 나라의 관리, 밤에는 귀신과 괴물 잡는 귀신잡이."

김생원은 한숨을 길게 내쉬었습니다.

"내 오늘 여우에 홀려 구미호 굴에 들어온 모양이군. 내 누이에게 못 볼 것을 보여주었소."

황철 영감이 순덕을 바라보았습니다.

"아마 나리의 누이는 그리 생각하지 않을 것이오. 안 그렇소, 순덕 아씨?"

"제 이름을 어찌 아십니까?"

순덕이 미간을 살짝 찌푸리고 물었습니다.

"내 진즉에 순덕 아씨를 만나고자 하였습니다. 감돌을 시켜 순덕 아씨의 집을 익히 알고 있었지요. 그런데 우연찮게도 영노가 나타날 것 같은 매화음의 밤 계모임 참석 명단을 살피니 순덕 아씨의 오라버니가 있지 않겠소? 물론 그때는 아씨의 오라버니가 범의 주먹을 지닌 선비인 것은 알지 못하였지."

"잠깐 내 누이의 뒤를 알아낸 것인가? 과부라고 얕잡아 보는 것인가? 아무리 다 쓰러져가는 집안이라도 어디 요망한 것들이 사대부 여인의 뒤를 쫓는가?"

이번에는 김생원이 핏대를 세우며 화를 냈습니다.

"오라버니, 잠시만."

"아씨, 아씨 집안에서는 알지 못합니까? 아씨가 지닌 그 특별한 힘을."

"일단 저에 대한 소문을 어디까지 알고 계시지요? 시댁에서 나올 때 워낙에 허무맹랑한 말들이 많이 돌아 마음이 아직 편치 않습니다."

"나 황철이오. 이 나라의 귀신 잡이가 그런 허무맹랑한 소문을 믿었겠소? 그저 비녀로 서방의 목을 찔렀다는 소문을 들었을 때부터 눈치챘소. 서방의 몸에 오래 눌어붙은 악귀를 떼어내려 한 행동이라는 것을. 근데 궁금한 것은 있었지요. 아씨, 그 비녀에 부적을 감았습니까?"

"매듭을 묶었지요?"

"매듭?"

"나는 천한 무꾸리처럼 부적을 쓰지는 않습니다. 영험한 기운을 불어넣은 실을 내 어머니에게 물려받았지요. 그걸로 매듭을 만들면, 단단한 결계로 악귀를 가둘 수 있습니다. 나중에 그대로 불태워버리면 악귀는 이 세계에서 사라지지요. 단 빙지와 마찬가지로 그 악귀의 기운이 약하게 흐르는 방향이 어디인지 알아야 하지요."

"목멱산의 영노가 북쪽에서 들어오는 기운이 약하면, 그쪽에 서서 빙지를 들이대야 하는 것처럼요?"

감돌이 감탄해서 되물었습니다.

그 말에 순덕이 고개를 끄덕였습니다.

"오라버니 일단 벌어진 입부터 다무세요."

김생원의 어깨에 앉은 노비 소녀인 나도 놀라서 내 입을 가렸습니다. 순덕이 그렇게 대단한 무녀였다니. 그럼 마음만 먹었다면 매듭으로 나를 잡았겠네?

"저희 어머니도 알고 계셨습니다. 저희 할머니는 맨 처음 마포 복개당에 세조 임금의 신령을 모신 분이지요. 그러나 할머니는 무업을 딸에게 물려주고 싶지 아니하셨습니다. 그리하여 할머니는 벌어놓은 돈으로 나라의 법도를 거스르는 짓을 하였지요. 일단 천인을 면하는 면천첩을 뒷돈을 주고 사, 천한 무속인 가문을 평범한 중인 집안으로 바꾸었습니다. 그 덕에 무당의 옷을 짓고 깨작깨작 도술을 하는 저희 할아 버지가 중인이 되었지요. 물론 할머니는 여전히 천한 무당으로 재산을 불려나갔습니다. 결국 할머니는 세상을 뜨기 전에 소원인 첩지를 손에 얻게 됩니다. 중인에서 양반으로 신분을 바꾸는 첩지였지요. 그렇게 저희 할아버지와 어머니는 할머 니 덕에 아무도 모르게 천인에서 양반이 되었습니다."

순덕의 말에 김생원도 놀라고 또 혼령인 나 역시 놀라 자 빠질 뻔했습니다.

"너 지금 그런 말도 안 되는 말을 하고 있느냐."

김생원이 눈이 휘둥그레졌습니다.

"아버지도, 오라버니도 모르지요. 어머니가 제게만 들려 주었으니까요. 그리고 우리 집안의 여자들 사이에서 내려오 는 신령한 실뭉치도 건네주었지요."

황철 영감이 지그시 눈을 내리깔며 물었습니다.

"어머니는 아씨의 앞날을 아셨군요."

"제 사주가 알려줬다 하더군요."

"듣고 싶습니다. 그 타고난 운명."

순덕이 태어난 연월일과 시를 말해주자, 황철 영감이 지그시 눈을 감았다가 다시 떴습니다.

"세상에 영매로서 대단한 사주로군요. 뜨거운 불이 위아래로 네 글자가 그대로 있고, 신축 일주가 그것을 받아들이고 있어. 신축은 원래 제단의 글자. 그런데 목이 없으니 그 불은 귀신이나 괴물 같은 허상. 신축일의 축토는 그 귀신을 빨아들이는 기운. 그것을 해수와 축토의 폭풍 같은 매듭으로 엮어서 가둬버리다니. 정말 타고난 영매가 아닐 수가 없구나!"

그 말을 하며 황철 영감은 자기도 모르게 박수를 쳤습니다.

그때 김생원이 순덕을 잡아 일으켰습니다.

"멀쩡한 양반 가문의 여식을 보고 무꾸리라 하다니. 내 이 귀를 무엇으로 씻어야 하리."

순덕이 무표정한 얼굴로 말했습니다.

"아무래도 오늘 이야기는 여기서 끝내야 할 것 같군요."

순덕은 더는 소란을 피우고 싶지 않은지 자리에서 일어났습니다. 하지만 나는 황철 영감과 순덕 사이에 오가는 밀약의 눈빛을 보았지요. 또 그 황철 영감이 갑자기 나를 쏘아보는 듯해 나는 다급히 김생원의 등 뒤로 숨었습니다.

"김생원 나리. 나리가 왜 아직 장가를 못 가는지 아십니까? 어깨에 짊어진 것이 무거워서 그런 것이오. 제 도움을 받으면 그것을 훌훌 털어버릴 수 있습니다."

김생원은 아무 대답 없이 순덕과 함께 밖으로 나가버렸습니다.

나를 털어? 내가 먼지야?

나는 버럭버럭 소리를 질렀지만, 황철 영감에게 내 목소리가 들렸을까요?

"이런, 고기와 술은 먹고 가지 그러시오?"

감돌이 놀리듯이 그리 말했습니다.

"천한 것들."

김생원은 감돌을 한번 쏘아보고는 그 집을 떠났습니다.

꼴깍.

인간이란 그런 것이지요. 나는 김생원의 목으로 넘어가는 배곯은 자의 군침 소리를 들었지 뭡니까.

5 | 밤 깊은 나루터의 달걀

그날 밤 오라비와 여동생 사이에 고성이 오갔습니다. 김 생원은 여동생이 한낱 무꾸리가 된다는 말에 불같이 화를 냈습니다. 하지만 순덕 역시 고집을 부렸습니다. 굿하고 치성을 드리는 무당이 아니라 귀신도 찾고 돈도 벌 수 있는 일이 아니냐며 우겼습니다. 더구나 알고 보면 가업 아니겠습니까?

"제가 방울 들고 춤을 춥니까, 아니면 엽전 들고 점을 봅니까? 그저 한양 곳곳에 숨은 귀신이나 괴물을 찾아 돈을 번다는 데 그게 그리 못할 짓입니까?"

"양반 가문의 여인으로 그게 할 짓이란 말이냐?"

"이 다 쓰러져 가는 가문에서, 시댁에서 쫓겨난 여인이 할 일이 있는 줄 아오. 그냥 죽을 때까지 뒷방 신세거나 보쌈으로 팔려가는 게 전부지. 나는 그렇게 살긴 싫습니다."

김생원도 순덕의 신세가 안타깝기는 했습니다.

허나 저는 김생원을 응원했죠.

황철 영감이라는 그 노인네 음흉하기 짝이 없었으니까요. 나를 보고도 못 본 척했다? 그러고서 김생원에게서 나를 떼어낼 작정을 해? 그런 귀신 잡이와 엮이면 내 앞날이 뻔했습니다.

"순덕아, 이 오라비가 안쓰러워 그런다. 내가 이미 영노란 괴물을 잡아본 놈이다. 그 괴물이란 것이 눈앞에서 어른거리면 오금이 저려서 참을 수가 없다. 나처럼 건장한 사내도 그러한데, 아녀자의 몸으로 어찌……"

"이보시오 오라버니. 나는 그 괴물이니 귀신이니 하는 것들 이미 어린 시절부터 보고 자랐소. 부뚜막에 앉은 할매 귀신부터 우물가에 목매 죽은 처녀귀신까지. 아니, 언젠가는 목매달아 죽은 처녀귀신이 온몸이 토막 난 채 돌아다니는 것까지 보았다오. 그러니 내 귀신이나 괴물이 두렵겠습니까? 산송장 같은 과부로 늙어가는 것이 두렵겠습니까?"

김생원은 쓴 입맛을 다셨습니다.

그러다 문득, 직급은 하급 무관에 머물렀으나 평생 꼬장꼬장한 선비처럼 살아온 아버지 생각이 났습니다.

"순덕아, 아버지 생각도 해보아라. 아버지가 이 일을 아시면 하늘이 무너지는 일과 다름없을 것이다."

순덕은 잠시 아무 대답도 하지 않았습니다. 두 사람 사이에 침묵이 흘렀습니다.

"오라비, 오늘 아버지가 어딜 가신다고 했어요?"

"파주에 계신 숙부님 댁에 가신다고 하였다. 나룻배를 타고 오시면 지금쯤 나루터에 내려 돌아오실 때가 됐구나. 아버지가 오시기 전에 이 일을 마무리 지어야겠다."

순덕은 갑자기 턱을 치켜들고 허공의 어딘가를 바라보았습니다. 그녀의 모습은 잠시 이 세계를 떠난 허깨비처럼 보였지요. 한낱 혼령인 제가 보기에도 순덕은 이승과 저승 사이 어딘가에 있는 존재처럼 보였습니다.

김생원도 그 모습이 수상했는지 조심스레 여동생의 이름을 부르려 했습니다.

"오라비, 일어납시다. 당장 가야 해요."

"어디를 말이냐?"

"나루터에. 거기서 사달이 난 거 같으니까."

두 사람이 나루터에 도착했을 때는 이미 피비린내가 진동하고 있었습니다. 온몸이 찢긴 사체들이 곳곳에 흩어져 있었지요. 그 난장판 가운데 온몸이 흠뻑 젖은 뱃사공이 앉아 우물우물 무슨 말인가를 지껄이고 있습니다.

피 냄새를 맡은 김생원이 한달음에 달려갔습니다.

"여기서 무슨 일이 있던 것인가?"

하지만 뱃사공은 말문을 잇지 못하였습니다. 제정신이 아니기는 김생원도 마찬가지였습니다.

'이게 다 영노의 소행이란 말인가?'

김생원은 주위를 둘러보았습니다.

그런데 옷차림새를 보니 죽은 자들은 양반만 있는 것이 아니었습니다. 상인이나 노비들도 섞여 있었습니다. 더구나 그들의 얼굴이 모두 사라져 있었습니다. 눈, 코, 입을 갉아먹어 몸뚱이 위로 남은 것은 피범벅 살가죽과 머리카락뿐이었지요.

그때 멀리에서 순덕의 목소리가 들려왔습니다.

"오라버니, 오라버니."

거기에 얼음장처럼 차가운 사내의 목소리가 뒤섞였습니다. 그 자리에 감돌이 나타난 것이지요.

"에그, 누가 사람 얼굴 파먹는 달걀귀 아니라고 아주 싹싹 긁어먹었군."

하지만 김생원은 미처 감돌을 보지 못했습니다. 누군가 김생원의 어깨에 손을 얹었으니까요.

"성무야, 정신 좀 차려보아라!"

김생원은 고개를 들어 아버지의 얼굴을 빤히 쳐다보았습

니다.

"아버지 다행히 얼굴이 그대로네요."

김생원은 얼굴이 찢긴 사체들 더미로 고꾸라지고 말았습니다.

눈을 뜬 김생원은 이 모든 것이 꿈은 아니었을까 생각했습니다. 모든 것이 너무나 익숙했으니까요. 눈에 들어온 낡은 방안의 풍경, 이불에 밴 시큼털털한 냄새까지. 전부 그대로였습니다.

악몽이었습니다. 악몽을 꾸었습니다. 그런데 딱 한 가지 다른 풍경. 바로 그의 머리맡에 한 여자아이가 앉아 있었습니다.

'눈에 많이 익은 얼굴인데. 누구였더라. 그때는 늘 웃던 아이였는데.'

"일어났어? 성무 도령."

"너는 누군데 내 이름을 알지?"

"누구긴. 늘 너와 함께 있지."

"아직 악몽이 깨지 않았는가?"

"악몽이 무서워?"

그 여자아이는 생글생글 웃으며 말했습니다. 그 여자아이가 누구인지는 김성무 이 바보 같은 선비만 빼고 이 이야기를 듣는 여러분은 이제 다 알고 있겠지요. 어떻게 자기 소꿉친구의 얼굴도 잊었는지.

"악몽이 무섭지 그럼, 즐겁단 말인가. 가위가 눌렸는가? 아니, 몸은 제대로 움직이는데."

성무는 오른팔을 뻗어 손가락을 움직였습니다. 나는 작은 손으로 그 손가락을 움켜잡았지요.

"성무, 악몽을 무서워하는 사람은 미래에 갈 수 없이 악몽 속에 살아. 하지만 악몽 속에서 답을 찾는 사람은 새로운 꿈을 꿀 수 있지."

김생원은 물끄러미 저를 바라보았습니다. 이제야 저를 알아보려나 싶었는데 그게 아니더군요.

"네가 정녕 어린 계집아이 귀신이란 말이냐?"

"아니, 모습만 이렇지. 실은 너하고 동갑일걸. 너하고 함께 자랐으니까."

그때 덜컥 문 열리는 소리가 들렸습니다. 그 바람에 김생원은 몽롱한 상태에서 깨어났지요. 당연히 멀쩡한 정신으로는 눈앞에 있는 저는 알아볼 리 만무하고요.

"아버지."

김생원의 아버지 김대감은 손끝 하나 다치지 않고 멀쩡한 모습이었습니다.

"아, 정말 악몽이었군요. 나루터 꿈을 꿨는데……"

김생원이 멍청한 미소를 지었습니다.

"꿈이 아니다. 그곳에서 얼굴 없는 귀신을 만났다."

"얼굴이 부리부리하고 주둥이가 튀어나온 놈이 아니고
요?"

김생원은 진저리가 쳐졌습니다.

'사람들의 얼굴이 찢긴 그 광경이 악몽이 아니라 현실이
었다니.'

김대감은 어떻게 그곳에서 살아남았는지 아들에게 말해
주었습니다.

"뱃사공이 나루터에 배를 대는데, 처음에는 키 작은 노비
가 많은 짐들을 바닥에 부려놓고 나루터에서 기다리고 있는
줄 알았다. 그런데 더 가까이 가 보니 난쟁이처럼 작은 체구
에 얼굴 없는 귀신이 있고, 그 밑에 사람들의 시체가 있는 것
이야. 나루터에 배가 닿자 그놈은 하늘을 날 듯 올라와서 함
께 배를 타고 온 영감의 얼굴에 들러붙어 꿀꺽 삼키더구나."

"달걀귀신은 눈코입이 없지 않습니까?"

"나도 그런 줄 알았다. 그런데 그 둥근 달걀 같은 얼굴이
가까이서 보니 매끈매끈한 목구멍이었다. 그걸로 꼴딱 삼켜
버리는 거지. 그러자 기겁한 뱃사공 노인이 물로 뛰어들지
뭐냐. 나도 다른 객들을 따라서 서둘러 도망쳤지."

그러다 김대감은 놀라운 광경을 보았다고 합니다.

김대감의 말에 따르면 갑자기 그 귀신이 엉덩이를 까고 쪼그려 앉더니 알을 낳더랍니다. 그 알은 금방 팔다리가 쑥쑥 자라나 얼굴 없는 귀신이 되었고요. 사람 하나 잡아먹고, 알을 까서, 똑같이 얼굴 없는 귀신을 만드는 달걀귀였던 거죠.

지금은 초야에 묻혀 글만 읽지만, 김대감도 아들과 딸 못지않게 젊은 시절에는 힘이 장사였습니다. 그래서 김대감은 나룻배의 노를 휘두르며, 달걀귀의 싸대기를 때려가며, 최대한 도망치려 애썼지요. 하지만 다른 사람이 또 잡아먹히면서 어느새 달걀귀의 수는 둘에서 넷으로 늘어났답니다.

"결국 발이 미끄러져 넘어지고 말았다. 이렇게 어이없이 죽는구나, 싶은 그때 어디선가 말달리는 소리가 들려오는 거다."

김생원은 말에 탄 이가 누구인지 알 것 같았습니다.

바로 매화음에서 만나고, 서빙고에서, 이태원에서 만났던 감돌일게 뻔했지요. 그가 이번에는 그의 아비까지 구해준 셈입니다.

"이번에도 빙지를 썼습니까?"

"빙지라고? 그게 무어냐?"

"아니, 어떻게 그 사내가 달걀귀들을 잡았습니까?"

"글쎄다. 기다란 막대로 얼굴을 때리더구나. 얼굴 깨지는 소리가 나면서 그대로 달걀귀들이 쓰러졌지. 그래서 내가 살

왔구나 싶어 도망치려는데, 너를 본 것이야."

김생원은 이제 황철의 제자인 감돌이 아버지까지 구했으니 어쩔 도리 없이 말을 해야겠다고 생각했죠.

"사실은 순덕이가 말입니다."

"그래, 실은 나도 네가 깨어나면 순덕이 이야기를 할까 했느니라."

김생원이 기절해 있는 동안 사실 깜짝 놀랄 만한 일이 벌어졌습니다. 어쩌면 눈코입 없는 달걀귀보다 더 놀랄 일이지요. 바로 꽉 막힌 벽창호 같을 거라 여긴 김대감이 여식의 새로운 일을 허락한 것입니다.

"아버님, 그 요물 같은 사내가 아버님의 목숨을 구해준 것은 제가 백 번이고 천 번이고 감사를 치할 일입니다. 하지만 그 때문에……"

"잘 들어라, 그런 이유가 아니니라. 우리 집안은 고려 때부터 대대로 무사의 집안이었고, 고려 때부터 집안의 여인들도 말을 타고 활을 쏠 줄 알았느니라."

"하지만 지금은 성리학의 시대가 아닙니까."

"네 말이 맞다. 나 역시 그리하여 너를 선비로 키운 것이다. 하지만 네 여동생은 선비도 아무것도 아닌 그저 소박맞은 아낙에 불과하거늘. 양반의 여식이 몰래 보쌈이라도 당해 첩살이하며 살기를 내가 기다려야 하겠느냐?"

김생원은 잠시 아무 말도 하지 못하였습니다.

"하지만 제가 영노라는 괴물과 싸워봐서 압니다. 괴물이
나 귀신들과 싸우는 일은 그리 호락호락하지 않습니다. 아무
리 순덕이가 저 못지않게 힘이 장사라 할지라도 목숨을 내놓
는 일이다, 그겁니다."

김대감은 잠시 어두운 표정을 짓다가 고개를 끄덕였습
니다.

"아 그래, 좋은 생각이 났다. 일과가 끝난 후에 너도 함께
다니면 되지 않겠느냐? 원래 너의 꿈 또한 선비가 아니라 칼
과 무기를 쓰는 무관 아니었더냐. 그러니 귀신 잡는 선비라
도 해보면 좋지 않겠느냐."

김생원은 어이없는 표정을 짓다가 말문을 열었습니다.

제가 그 말을 더 엿들으려 하는데, 그만 목이 콱 졸렸습니
다. 그…… 래서…… 더는 들을 수가……

콜록콜록 콜.

6 | 노비 소녀가 젊은 장사꾼과 만나

노비 소녀의 혼령에게 밤은 늘 자유로운 시간이었습니다. 가끔 저승사자를 만나면 놀라서 도망치는 일이 있기는 했지만요. 하지만 이날 밤의 밤하늘은 끔찍했습니다. 나는 목에 감긴 줄에 끌려 하염없이 밤하늘에서 펄럭거렸습니다. 숨이 턱턱 막혔지요.

몸이 없는 혼에 불과한 내가 숨이 막혀?

이건 분명 보통 인간의 짓은 아닙니다. 콜록콜록 기침하던 황철 영감이 술수를 쓴 것이죠.

엎친 데 덮친 격으로 기와지붕을 딛고 다니던 흰 도포에 삿갓 쓴 사내가 나를 발견했습니다. 이제는 너무 익숙한 존재. 인골 가루로 분을 바른 듯 하얀 얼굴에 피로 적신 듯 붉은 입술.

바로 그대의 이름은 저승사자.

"네 어찌 여기 있는가?"

저승사자의 목소리에서 서릿발이 뚝뚝 떨어졌습니다.

"켁켁, 나를…… 아시오?"

나는 일부러 모르는 척했지요.

"내 품에 있는 저승 장부가 부들부들 떨며 화를 내는구나. 나는 너를 안다. 왜냐, 네 얼굴을 내가 기억한다. 너는 바로 돌림병으로 죽은 노비 가족의 막내였지."

계속해서 나는 끌려가고 있었기에, 저승사자 또한 내 뒤를 따라와야 했습니다.

"어딜 도망가느냐!"

"도망이…… 아니라……"

"내 어찌 네 얼굴을 잊을까? 너를 놓친 탓에 저승사자 직을 파직 당하고 지옥 밑바닥에서 기름걸레질을 하며 이를 갈았느니라. 그런데 이 요망한 것이 아직 밤하늘에서 날고 다녀? 내 오늘 곧 저승으로 인도할 망자가 있어 여기서 떠나지만 다음에……"

저렇게 사설이 길어서야 또 망자의 혼을 놓치지.

하지만 나는 이렇게 대꾸는 못 했습니다. 일단 숨이 막혀서요. 점점 더 빠른 속도로 저쪽에서 나를 끌어당겼습니다.

어디선가 요란한 소리가 들려왔죠. 하늘을 찢는 억울함 섞인 천둥 같은 울부짖음이었지요.

저승사자가 나를 놓치고 홀로 포효하는 것일까요?

어느새 나는 밤하늘에 뜬 적색 결계에 도착했습니다. 적색 결계가 붉은 칼날 같은 구름으로 휘몰아 치고 있었죠.

아, 역시나 내 예상대로 황철 영감이었습니다. 아래를 내려다보니 황철 영감이 연 날릴 때 쓰는 얼레 같은 것을 감고 있었습니다. 그 옆에는 감돌이 팔짱을 낀 채 서 있었지요.

"스승님, 연싸움 정도는 이제 제가 할 수 있습니다."

"됐다. 내가 마무리하마."

황철 영감은 힘을 주어 실을 끌어당겼습니다. 실이 툭 끊어지면서 어린애 젖니 빠지듯 나도 바닥으로 툭 떨어졌죠.

"엉덩이 박살나요."

"혼이 무슨 엉덩이가 있을까?"

"목이 졸리더이다."

"그건 이 연줄에 감기면 혼이 환지통을 느끼기 때문이지. 마치 몸이 있는 것처럼."

"그러니 환지통 때문에 목이 아프고 엉덩이가 아프지요. 그렇게 머리가 안 돌아갑니까?"

갑자기 황철 영감이 허허 웃었습니다.

"허허, 네 말이 맞다."

감돌은 그 옆에서 계속 기웃거리기만 했습니다.

아하, 저 작자 혼령을 보는 능력을 키우지는 못했군.

그제야 왜 황철 영감이 순덕을 탐내는지 더더욱 이해가
갔습니다.

능력 있는 영매로 재산 좀 불려보시겠다?

"요망한 귀신 잡이 늙은이! 나를 이리로 끌어당긴 이유가
뭐요?"

"너도 잘 알고 있을 거야. 내가 지난번에 널 보고도 눈감
아 줬다는 걸."

"그럼 계속 못 본 척하면 되잖소!"

"너 말이다. 지난번에 어찌 적색 결계를 통과했는지 알고
있나?"

"내가 원귀가 아니니까. 나만큼 얌전히 있는 혼령은 없을
걸요."

황철이 허, 탄식을 내뱉었습니다.

"요놈 눈치도 빠르고 잔머리도 잘 돌아가는구나."

아마 요년,이라고 하지 않은 걸 보면 내가 노비 소녀로 보
이지는 않나 봅니다. 죽을 때의 내 모습이 머릿니 없애느라
사내애처럼 짧게 잘라서인 것도 같고.

"근데 이건 모르겠지. 원귀가 그냥 원귀가 되는 게 아니
야. 사랑하는 자, 그리워하는 자를 잊지 못해 산 자에게 들러

붙지. 이후 산 자의 삶을 갉아먹으면서 그가 행복을 느끼지 못하도록 만들어버린다. 너 김생원을 그리 만들고 싶으냐?"

나는 할 말을 잃었습니다. 하지만 나도 언젠가는 성무를 떠날 것입니다. 분명 그럴 것입니다. 근데 인간의 몸에 기대지 않은 혼령으로 살기는 싫기도 하고.

"물론 너도 억울할 것이다."

감돌이 황철 영감을 바라보았습니다.

"저 말입니까?"

황철 영감이 쓸쓸한 미소를 지었습니다.

"아니, 자네 말고 애."

"스승님은 김생원의 어깨에 있다는 이 혼령이 보이십니까?"

"완전히 보이지는 않는다. 외형은 잘 몰라. 영노 같은 괴물이 아닌 혼은 더욱 보기가 어렵지. 다만 성질이 보인다. 아주 그냥 사냥개 같은 성질이야."

왜 이래? 나 들개의 몸에 산 적은 없어. 잠깐 토끼의 몸에 거주했을 뿐.

"불쌍한 혼령아. 너는 원래 김생원보다 빨리 죽을 운명은 아니었다. 내 순덕 아씨에게 긴히 물어 김생원의 사주도 보았지. 근데 죽은 사람이었어."

죽었다고? 성무가?

"즉, 김생원의 모친도 알고 있었을 것이다. 하지만 그 죽음의 기운을 아들이 아닌 옆집 아이에게 덮어씌웠겠지. 저승의 명부까지 바꿀 수 있는 큰 무당의 기운을 가졌으니까. 허나 그 죄로 김생원과 순덕 아씨의 어미는 일찍 요절한 것이다. 지금은 지옥에서 사지가 찢긴 채로 그 고통을 평생 안고 살겠지. 하늘의 뜻을 거역했으니. 그것도 하늘의 뜻을 이어갈 큰 무당이 말이다. 어미란 때론 그렇게 할 수밖에 존재인가? 난 거기까지는 모르겠다. 내 말 알겠느냐?"

"내가 똥물을 옴팡 뒤집어썼네요."

"원망하느냐? 이제 원귀가 될 것 같으냐?"

나는 생각에 잠겼습니다. 그러고서 대답했습니다.

"아니요."

"김생원을 죽도록 사랑했느냐. 네 목숨도 내어줄 만큼."

죽도록 사랑?

이미 죽었건만 뭔 소리. 어이구, 나는 아닙니다. 나는 그저 처음 연정을 품은 사람이 성무였을 뿐 그것이 내게 큰 의미는 없습니다.

"왜 그런 말을 묻죠? 내가 성무를 찾아가 해코지라도 할까 봐? 염려 놓으세요. 어차피 노비로 살아도 행복하지는 못했을 터. 난 지금껏 혼령으로 이 땅에 살아온 게 억울한 적 없습니다."

황철은 다시 나를 빤히 쳐다보았습니다.

"인간으로 환생하면 여인으로 김생원 곁에 있고 싶으냐?"

그런 생각은 해 본 적이 없었습니다. 저는 혼령이 좋았습니다. 노비거나 양반이거나 특히 여자로 태어나면 이 나라 어디든 자유롭게 나다닐 수 없습니다. 허나 혼령인 저는 어디든 가고 싶은 대로 갈 수 있지요.

백 년 천 년 떠돌아도 좋습니다. 그게 운명이라면. 물론 오늘처럼 저승사자에게 잡히면 그대로 멸이 되어 저승으로 끌려가겠지만.

"지금 내가 사는 곳은 김생원의 넓은 어깨죠. 대신 언젠가 흉한 원귀가 되기 전에 떠날게요. 인간의 여인으로 수발들고 깨 볶고 어쩌고 하며 살 생각은 눈곱만큼도 없답니다. 그러니 날 그만 자유로이 훨훨."

황철 영감이 손을 탁탁 털었습니다.

"그럴 수 없다. 내가 널 끌어냈으니까."

"내가 돌아간다면?"

"너도 빙지를 보았지 않느냐."

갑자기 황철 영감의 눈이 매서워졌습니다.

"어이, 감돌아!"

감돌이 품에서 빙지를 꺼내자 나도 모르게 얼어붙었습니다.

"아니, 잠깐만. 두 사람 내가 김생원에게 해를 입히지는 않았잖아요. 그냥 좀 신세를 졌을 뿐."

황철 영감이 내 주위를 빙빙 돌았습니다. 뭐지? 결계를 치는 것인가? 하지만 달라진 것은 없었습니다.

"너 나하고 한번 거래 좀 트자."

"무슨 거래?"

"오늘 낮에 이태원에서 살해당한 사내가 있다. 젊은 장사꾼인데, 시장의 무뢰배에게 당해 그리됐지. 그런데 이 사내의 원한이 이태원의 밤하늘을 덮고 있다. ……그런데 사체는 내가 거두어 보관하고 있다."

"억울한 청년 장사나 잘 치러주든가."

나는 이곳에 도착하기 전 들었던 천둥 같은 울부짖음이 떠올랐습니다. 그게 바로 젊은 장사꾼 사내의 혼령이 내지른 통한이었나 봅니다.

"그건 좀 재미없지. 아님, 네가 살든가."

황철 영감의 말을 듣고 나는 무슨 소린가 싶었습니다.

"환생하고 싶지 않느냐? 지금 막 이승을 떠났지만 저승에 가지 않고 썩지 않아 몸이 따스하고 부드러운 사내의 숨으로 들어가서."

"아……"

나에게는 선택지가 없다는 것쯤 잘 알았습니다.

"잘생겼나요?"

"그게 지금 중요해?"

"이왕이면 다홍치마. 혼령 생활을 정리하고 다시 인간으로 살 거면 허우대 멀쩡한 놈으로 고르는 게 낫지."

그날 새벽 이태원 밤하늘에 피 터지게 싸우는 소리가 방방곡곡 울려 퍼졌습니다. 아니 사람들은 그저 마른하늘에 날벼락 치는 소리만 들었을지 모릅니다. 한양의 모든 귀신들은 오랜만에 혼령끼리 싸움이다 싶어 구경들 했겠지요. 피투성이 원귀가 된 남자는 억울함에 치받혀 씩씩거렸습니다.

홍안의 젊은 장사꾼은 풍운의 꿈을 안고 이태원에서 박물을 팔아 큰 이문을 남겼습니다. 하지만 늦은 저녁 이태원 주막에서 무뢰배들과 시비가 붙어 돈을 뜯기는 것도 모자라, 결국 목숨까지 빼앗겨 세상을 뜨고 말았습니다. 하지만 그 억울함을 풀어주기 위해, 아니 솔직히 그의 몸을 차지하기 위해, 저는 이 원귀와 싸워야 했습니다. 성난 이리와 같은 괴물로 변한 원귀와 싸우는 게 쉽지는 않았습니다. 하지만 혼령 연차 십 년이 훌쩍 넘어가는데 제가 발이 빨랐죠.

이른 새벽 저는 그를 적색 결계 안으로 꾸역꾸역 밀어 넣었습니다. 원귀가 서걱서걱 작두에 썰리듯이 부서지더군요. 우리 같은 혼들에게는 무서운 결계였습니다. 하지만 그걸 오래 지켜볼 틈도 없이 그만 호로록 정신을 잃고 말았습니다.

내가 정신을 차렸을 때 두런두런 말소리가 들렸습니다. 나는 어느 방 안에 누워 있었고 문밖에서 들리는 건 바로 김 생원의 목소리였습니다.

"내 오늘 조퇴까지 하고서 여동생과 함께 이곳을 찾아왔소. 그 이유는 잘 알 거라 생각합니다."

이어 감돌의 영악한 목소리가 들려왔습니다.

"이렇게 함께 일을 도모하게 되니 반갑기 그지없습니다."

뭘까 싶어, 허공으로 날아오르려는데, 몸이 천근만근 무거웠습니다. 다친 곳이 욱신거려 그대로 '아이고, 어머니' 소리가 터져 나왔습니다.

인간으로 돌아온 첫 경험이 고통이라니.

아아, 인간의 몸이란 이렇게 쇳덩이처럼 무겁구나. 아아, 인간의 상처는 이렇게 아픈 것이구나!

나는 겨우 방문을 열고 툇마루에 앉은 사람들을 바라보았습니다. 그때 감돌이 고개를 돌려 나를 보고 표정을 사납게 구기더니 어느새 태연하게 웃지 뭐겠습니까?

"이제 깨어났는가. 무뢰배의 칼에 맞아 거의 사흘을 내리 잠들었더구나."

어제만 해도 내가 어깨에 올라앉아 있던 김 생원이 힐끔 나를 보았습니다.

김생원의 얼굴을 보자 왈칵, 울음 같은 것이 터졌습니다. 오래 등을 맞대고 산 부부의 연 같은 심정이랄까요?

눈물을 쏟자 김생원이 고개를 갸웃거렸습니다.

"저 사마귀 같이 날카롭게 생긴 우팡이란 소년이 왜 서럽게 우는가?"

"아, 황철 어르신이 새로 들인 저 아이는 북방의 떠돌이 오랑캐의 혼혈아 노비인데, 지난 번 그만 이태원 장에 혼자 쭐래쭐래 놀아나다가 무뢰배의 칼을 맞는 바람에 며칠 앓아 누워 지냈지 뭡니까. 목숨을 구해준 저를 보니 그만 감격해서 우는 게 아닌가 싶습니다."

말을 마치고 감돌은 여우같은 미소를 지으며 저를 스윽 바라보았습니다. 저는 그 미소에 담긴 뜻을 읽었습니다.

일단 입을 다물라. 자초지종은 이들이 떠난 후에 우리끼리 툭 터놓고 말하자.

김생원은 혀를 끌끌 차며 고개를 내저었습니다.

"그러게 왜 이태원 거리에 함부로 나가서는."

어이, 김생원.

저 양반은 십 년 가까이 그의 어깨에 앉아 지내던 내가 인간의 몸으로 돌아온 것이라곤 꿈도 못 쓰는 눈치였죠. 나는 그만 이 둔한 사내에게 정이 뚝 떨어졌습니다.

그 옆에는 김생원 못지않게 체격이 익숙한 선비가 앉아 있었는데 처음에는 저승사자인가 싶어 깜짝 놀랐습니다. 그 삿갓이라니요. 하지만 자세히 보니 갓을 쓰고 철릭을 입은 순덕이었지요.

마침 순덕이 말문을 열었습니다.

"아무리 내가 황철 어르신과 이 일을 도모한다 할지라도 여염집 아녀자의 모습 그대로 돌아다닐 수는 없어서요."

"그렇지요, 당연합니다. 그리고 어르신이 아니라 그냥 황철 영감이라 부르시죠. 그게 속편합니다."

"좋아요, 황철 영감. 내 직접 오라비에게 철릭을 빌려다가 내 몸에 맞게 줄이고, 내게 맞는 삿갓을 구해 머리에 썼습니다."

그렇구나. 그렇게 허락을 하였구나. 순덕은 귀신과 괴물을 찾아낼 때는 소박맞은 여인 대신 선비의 모습으로 움직일 작정인 듯싶었습니다.

"이 동네가 워낙 험악한 곳이군요. 저 노비 아이가 저렇게 칼에 맞아 사경을 헤맬 정도이니 말입니다. 왜 하필 이런 곳에 터를 잡았습니까?"

김생원이 황철에게 물었습니다.

"그건 한양에서 가장 음기가 센 집터 중 하나가 여기라서 그렇습니다. 귀신 잡는 놈팡이가 양지바른 곳에서 살아봤자 무슨 의미가 있겠습니까. 이 늙어빠진 놈, 반평생 괴물이나 귀신을 잡아 반은 귀신이나 다름없습죠."

황철 영감이 말을 마치고는 고개를 돌려 나를 보았습니다.

"우팡아, 이리 나오거라. 너에게도 내 할 말이 있느니라."

우팡이?

나는 황철 영감이 나를 부르는 손짓을 보고 깨달았습니다. 노비 소녀의 혼령이 인간 사내가 되어 얻은 새로운 이름, 그게 바로 우팡이였죠. 썩 마음에 드는 이름은 아니었습니다. 지팡이도 아니고 우팡이가 뭐람. 하지만 나는 처음으로 혼이 아닌 인간의 두 발로 걸어 그들에게 다가갔습니다.

7 | 황철이 황천에 가기 전에

양인과 천인이 마루에 둘러앉았습니다. 양인은 양반 김 생원과 순덕, 중인 황철이었습니다. 감돌은 광대와 기생의 피를 이어받은 천인이었지요. 저는 노비 소녀로 죽었던 천한 혼령이었지만, 역시나 천한 상인 우광으로 다시 태어났습니다.

황철 영감은 우리 모두를 둘러보고 말문을 이었습니다.

"이렇게 여러분을 모이라고 한 것은 할 말이 있기 때문이오. 한 시대를 풍미한 나, 귀신 잡이 황철이 황천 갈 날이 멀지 않았습니다. 하지만 내가 황천으로 간다 한들 이 황철이란 이름이 사라지지는 않을 겁니다."

착각인지도 모르겠지만 황철 영감이 나를 향해 인자한

미소를 지었습니다.

"지금 여기 앉아 있는 이들 중 가장 황철에 잘 어울리는 사람에게 황철이란 이름을 물려줄 것입니다."

그러자 감돌이 마루를 손으로 턱 치더니 자리에서 일어 났습니다.

"아니, 스승님. 이건 좀 경우가 아니지 않습니까? 제가 황철이란 이름으로 몇 년째 귀신 잡이 일을 해오고 있잖아요. 그 이름은 당연히 제게 물려주시는 것 아니었습니까?"

황철 영감이 고개를 끄덕였습니다.

"그래, 네가 내 이름을 팔아 살아왔다. 허나 그건 내 대행이지, 진짜 나의 전부를 물려준 것은 아니었느니라."

"이미 사대문 안에 황철은 미색의 사내라고 알고 있는 이들이 대부분입니다. 스승님, 제가 발로 뛴 덕에 묻혀가던 귀신 잡이 황철 영감의 이름이 조선의 호사가들 사이에서 다시 오르내리는 걸 모르시나요?"

황철 영감이 감돌을 물끄러미 바라보았습니다.

"아니, 귀신 잡이는 복면으로 코와 얼굴을 가리고 다니거늘. 어차피 네 얼굴이 황철로 알려진 것도 아니지 않느냐."

"가끔 얼굴을 드러내기도 했습니다."

감돌이 기어들어가는 목소리로 말했습니다.

"더구나 감돌이 네가 두려워할 게 무어 있느냐? 특별한 일만 없다면 네가 내 이름을 물려받지 않겠느냐. 그뿐이 아니라 나의 명예와 재산까지 네 것이겠지. 지금껏 귀신 잡이로서의 일을 다해왔으니."

감돌이 무릎을 꿇고 말했습니다.

"그러니까요, 그러니까요! 왜 갑자기 여기 이 양반네들에게 황철 영감님의 그 비싼 이름과 모은 재물을 갖다 바쳐요! 역시 조선은 귀신 잡이도 양반이 최고다, 이겁니까?"

"양반에게 황철을 물려주려는 것이 아니다. 여기 우팡이 같은 노비도 황철이 될 수 있다."

아, 저요? 제가요? 귀신으로 살던 제가 귀신을 잡아요?

"우팡아, 너도 이제 우리와 함께 일을 도모할 것이다."

감돌이 손사래를 쳤습니다.

"아우, 영감님께서 망령이 나셨나 봅니다. 다른 분들은 다 못 들은 걸로 하여주세요. 우팡이, 너도."

김생원이 헛웃음을 지었습니다.

"그 천한 귀신 잡이의 이름, 나는 가져갈 생각도 없소. 그저 여동생을 위해 이 일에 한몫 보탤 생각을 했을 뿐이오. 나는 조선의 관리로 승승장구하고 싶지, 일개 귀신 잡이 황철로 살고 싶은 생각 없소."

감돌이 김생원을 힐끔 쳐다보았습니다.

"그 마음 변치 않으시길 바랍니다. 나중에 제가 따로 약조

받아놓을 것입니다."

그때 순덕이 조심스레 끼어들었습니다.

"아녀자와 노비도 황철이 될 수 있다, 이것이죠? 그것참 흥미롭네요."

감돌이 순덕을 바라보았습니다.

"아씨, 아녀자의 몸으로 수많은 괴물과 원귀를 상대하는 것은 쉽지 않습니다."

"어차피 원귀와 괴물을 내 매듭으로 묶어버릴 수 있습니다. 그리고 내 그쪽과 힘겨루기를 한다 한들 이길 자신이 있는 자요."

구척장신의 순덕이 보통의 조선 사내들보다 머리 하나는 더 컸습니다. 그 말을 듣고 감돌은 고개를 내저었습니다.

"허, 아씨. 힘을 말하는 것이 아닙니다. 황철 영감은 조선 최고의 귀신 잡이라고요. 그만큼 경험이 쌓인 지혜의 힘이 중요하다 이것이죠. 뭐, 어차피 제가 핏대를 올릴 것도 없이 차후의 황철은 저로 확정된 것이나 다름없으니 그때 제가 많은 도움드리겠습니다."

순덕은 감돌의 말을 듣는 둥 마는 둥 했습니다. 하지만 나는 순간 순덕의 입가에 밴 미소를 놓치지 않았습니다. 마당에서 우왕좌왕하는 똥강아지를 보고 지을 법한 미소였지요.

"오늘 저희를 부른 것이 그것 때문입니까?"

"아니오, 누구에게 황철의 이름을 줄 것인지는 내 좀 더 고려해 볼 것. 오늘 당장 내 명이 끊기는 것은 아니니. 실은 그보다 더 시급한 일이 있소."

그리 말하고 황철 영감은 감돌을 지그시 바라보았습니다.

감돌은 애써 못 본척하다가 입술을 삐죽거리고 말을 이었습니다.

"오늘 영감…… 아니 스승님께서 뜬금없이 후계구도를 논하여 내 잠시 혼이 쏙 빠졌네요. 하지만 사실 오늘은 다른 이유로 여러분들을 불러 모았습니다. 지난번 서빙고에 나타났던 생귀 빙고선비들을 잘 성불시켰지요. 그런데 궁에서 다른 전갈이 왔습니다. 이제 서둘러 영노들을 몰살하고, 영노가 사대문과 성저십리에 늘어나는 이유를 밝혀 달라는 것이지요. 문정왕후의 수렴청정으로 가뜩이나 말이 많은데, 양반을 잡아먹는 괴물 때문에 궁에 해괴한 소문이 돌 수 있다면서 말이죠. 아무나 잡아먹으면 모를까 굳이 양반만 골라 잡숫는 괴물이니 이게 문제지요."

감돌은 헛기침을 하더니 김생원과 순덕, 나 우팡이를 돌아보았습니다.

"스승님께서 최근 너무 연로하셔서 그 일을 저 혼자 해야 하는데, 뭐 시간이 많으면 할 수 있겠지만 너무 시간이 촉박

합니다. 그리하여 여러분들의 도움을 받고자 합니다."

김생원이 황당한 표정으로 감돌을 쳐다보았습니다.

"궁에서 말인가? 말도 안 되네. 어떻게 유교를 덕으로 삼는 이 나라에서 귀신 잡는 일을 맡긴단 말인가?"

"유고를 덕으로 삼는 나라의 밤에 귀신과 괴물이 심심찮게 나타나는 것을 그쪽 같은 팔자 좋은 양반이 알 리 있으려나 모르겠네."

감돌이 퉁명스러운 목소리로 말했습니다.

이어 황철 영감이 말문을 열었습니다.

"김생원 나리, 자주는 아니지만 궁에서 비밀리에 우리 같은 이들을 부르지요. 궁에 물괴가 들어왔을 때나 지금처럼 영노가 곳곳에서 출몰해 민심이 흉흉해질 때지요. 그런 이 나라의 괴이한 일을 누가 처리하겠소? 무관이, 사대부가, 아니면 천한 무꾸리들이. 물론 순덕 아씨 집안은 다르지만. 여하튼 우리 말고는 할 자들이 없지요."

"그럼 빙지로 영노를 수없이 잡아들여야 하는 건가요?"

순덕이 물었습니다.

"영노를 빙지로 잡아둘 순 있지만, 보시다시피 완전히 사라지게 하는 것은 아닙니다. 빙지가 찢어지면, 영노는 다시 달아나지요. 사계절은 지나야 이 빙지에 눌린 한낱 그림처럼 변한다오. 그때 불태우면 그저 재로 되어 사라질 뿐이지요."

순덕이 고개를 갸웃거렸습니다.

"영감, 이상하네요. 지난번 나루터에서 달걀귀는 모두 없애지 않았나요?"

"우리가 빙지를 매번 쓰는 것은 아닙니다. 달걀귀는 쉬운 괴물이지요. 사람을 잡아먹는 그 얼굴만 깨부수면 끝. 그 후에는 그냥 몸뚱이만 돌아다니는 팔푼이 같은 괴물로 산답니다. 보기에 좀 끔찍하지만 그리 위험하지 않습니다. 하지만 영노는 다르지요. 이 나라의 양반들만 잡아먹는 괴물입니다. 그건 나라의 근간을 흔드는 일이지요."

"그럼 괴물이나 원귀를 없애는 방법이 없습니까?"

김생원이 묻자 황철이 손으로 그의 집 대문 위를 가리켰습니다.

"지금 김생원의 머리 위에 있지 않소?"

적색 결계. 그것은 원귀를 완전히 갈아버려 먼지로 만드는 무서운 것이었지요.

순덕이 눈을 가늘게 뜨고 황철을 바라보았습니다.

"그러니 아예 영노를 갈아서 없애달라는 것인가요?"

"그렇기도 하고, 영노가 이렇게 늘어나는 그 연유를 알아달라고 했소. 어쨌든 문정왕후 입장에서 영노는 위험한 존재니까."

"무슨 밀려난 사대부들도 아니고, 이미 죽은 영노가 역모라도 꾸민다는 겁니까?"

김생원이 갑자기 퉁명스레 물었습니다.

"영노의 수가 갑자기 늘고 있어서 말이지요. 이런 경우는
내 팔십 평생에 처음입니다. 불길한 징조인 것은 확실하지요.
양반만 잡아먹는 괴물이 늘어난다? 노론과 소론이 모두 동
요할 이런 일을 궁에서 두고 볼 수는 없을 것입니다. 그리하
여 지난번에 결국 정난정이 은밀히 나를 찾아와서 일을 부탁
했습니다."

이어 감돌이 정난정의 말투를 따라 했습니다.

"너희 같은 한낱 하찮은 종자들이 궁궐의 밀지에 대해 혀
를 놀렸다가는 당장 그 혀를 끊어내어 길거리 개들에게 던져
주고 잘근잘근 씹게 할 것이야!"

그러고서 감돌은 낄낄대고 웃었습니다.

"이 일이 이렇게 천대받는 일이라니까요. 양반님들은 이
름 걸고 할 일이 못 됩니다."

감돌은 김생원과 순덕을 바라보았습니다.

"그러니 두 분은 그저 저희 일만 도와주시고 뒷구멍으로
한몫 단단히 챙기시는 게 좋을 것입니다. 가난한 양반들은
그렇게 다 뒤로 돈을 벌죠."

아무 말 하지 않던 순덕이 말문을 열었습니다.

"그것은 제가 정할 것입니다. 지아비의 이름도 없는 소박

맞은 여인으로 사는 것보다야, 천대받지만 이 나라의 밤을 주무르는 황철이란 이름을 빌어 사는 것도 괜찮을 것 같네요."

그때 성격 급한 김생원이 나섰습니다.

"일단 이야기는 여기까지 들었으니, 오늘 밤에 바로 영노를 잡으러 가면 됩니까? 일단 빨리 이 일을 끝내고 나는 다시 나라의 관리로 돌아가고 싶소."

"오늘은 그날이 아니지요. 일단은 그전에 두 오누이께서 만나야 할 사람이 있습니다. 바로 영노에 대해 가장 잘 아는 이가 있으니까요."

"왜 황철 영감이 직접 가실 생각은 하지 않습니까?"

"나를 엄청나게 싫어하는 사내라오. 지금은 기생집을 지키는 왈자 노릇이나 하고 있는 놈이지요. 하지만 영노에 대해 누구보다 잘 알 것입니다. 특히 영노는 예부터 한양보다는 과거를 보기가 쉽지 않은 남쪽이나 북쪽의 가난한 선비들이 목매 죽어 원한이 깊으면 영노가 되었지요. 그 녀석은 북쪽에서 귀신 잡이 하던 놈이니 영노의 행태를 잘 알 것입니다."

그러면서 그는 수염을 쓰다듬었습니다.

"아니, 영감. 그 왈자에게 우리가 황철 영감의 하수인으로 왔다고 할 수도 없지 않소."

황철은 고개를 끄덕였습니다.

"그렇네요. 두 오누이께서 새로 이 일을 시작한 가난한 선비들이라고 하면 어떨까요? 몰락한 양반집은 내외주가라고 술집도 하는데 뭐, 귀신을 잡을 수도 있지 않습니까."

"우리의 본명을 밝히기도 좀 그러하니. 뭐라고 해야 하나……"

"그냥 귀신 잡는 빙고선비라고들 하시죠."

내가 이 말을 툭 내뱉자 그 마루에 앉은 모든 사람이 저를 쳐다보았습니다.

나는 사라진 빙고선비를 알 수밖에요. 당연히 그 서빙고에서 선비들의 혼을 만났을 때 저도 있었으니까요.

"아, 생원님께서 서빙고에서 영노를 잡을 뻔했다 하지 않았습니까."

김생원이 고개를 끄덕였습니다.

"우팡이, 이놈 제법 영특하구나. 나는 마음에 든다. 귀신 잡이도 아니고 빙고선비라. 어쨌든 귀신은 잡아도 선비 아니냐. 그리고 빙고에 머물던 선비들의 넋에 대한 안타까운 마음도 있었으니, 빙고선비 괜찮네. 다른 분들은 어떠신지?"

"오라버니, 저도 빙고할게요."

"뭐, 나는 어차피 선비도 아니고. 빙고선비보다는 황철 영

감에 욕심이 있어서. 두 분이 빙고선비하고, 제가 황철하면
되겠네요."

감돌이 퉁명스럽게 말했습니다.

그때 황철 영감이 흐음, 기침을 했습니다.

"이제 할 말이 다 끝난 듯합니다. 나머지 말은 감돌에게
들으십시오. 전 더 늦기 전에 이 우팡이와 따로 할 이야기가
있습니다."

황철 영감은 저를 따라오라 이른 뒤에 대문 앞 행랑채로
데려갔습니다.

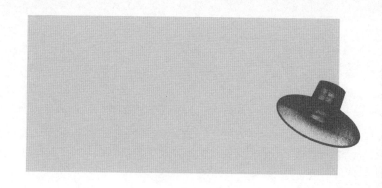

8 | **수비산 산수화에 그려진 암자**

살아서도 노비였거늘 다시 태어나도 노비 신세라니?

목젖에서 욕설이 들끓었습니다. 달걀귀로 변해 저 영감의 실실 웃는 얼굴을 꼴깍 삼키고 싶을 만큼 화가 났습니다.

"왜 하필 노비입니까?"

"아니, 그럼 태생이 노비인 것을 귀한 집 도련님으로 살아갈 줄 알았느냐? 이미 네 노비문서까지 네가 잠들어 있을 때 만들어놓았느니라."

"어떻게 저를 이 집에 갇혀 살 노비로 부립니까?"

"그럼, 내가 왜 너를 살렸겠느냐? 너에게 자비를 베풀 부처님이라도 되는 줄 알았느냐?"

나는 그대로 황철 영감을 들이받고 떠날까 하다 일단 그의 뒤를 따라가기로 했습니다. 왜냐면 나는 두려웠기 때문이지요. 발 없는 혼령이었을 때는 겁이라곤 없었는데, 두 다리로 땅을 딛는 인간으로 부활하니 겁이 났습니다.

황철 영감은 대문 옆에 붙어 있는 골방의 문을 열고 안으로 들어갔습니다. 아마 행랑채 정도의 역할을 하는 방이겠거니 싶었습니다. 보통은 집안의 머슴들이 거주하는 방이지요. 그곳에서는 보통 땀내 절은 구린내 같은 것이 풍기기 마련입니다. 하지만 이 방에서는 기분 좋은 숲의 향 같은 것이 솔솔 풍겨왔습니다.

인간으로 돌아와 처음으로 좋은 향을 맡자 몸과 마음이 한결 가뿐해졌습니다.

"그래도 새사람 좀 맞이한다고 몸종을 시켜 좋은 향 좀 피우셨나 보네요?"

"내겐 몸종이나 하인이 없다. 아내와 자식들이 먼저 세상을 뜨고 이 집으로 들어온 뒤로는 내가 쓸고 닦았지. 귀신이나 괴물 잡는 날이 아니면 하루 종일 수도하는 마음으로 적색 결계 안에 있는 이 작은 집을 가꾸며 세월을 보내왔다. 심지어 제자인 감돌에게도 빗자루 한번 맡기지 않았느니라."

"제가 김생원의 어깨에 앉아 있을 때도 보았지만 감돌은 통 믿을 수가 없습니다."

"감돌은 사실 욕심이 많고 교활하여 무슨 일을 저지를지 모르는 녀석이지."

"그걸 아시고서 제자로 쓰다니요? 배포가 대단하십니다."

"세상에 좋은 점만 고루 갖춘 인간이 어디 있더냐. 때론 한 인간의 단점이 그 인간의 장점을 더 빛나게 하는 것. 감돌은 욕심이 많고 교활한 만큼 때론 약삭빠르게 상황에 대처할 줄 알지. 아마 빼어난 귀신 잡이가 될 것이다."

황철 영감은 그 말을 남긴 채 행랑채 안쪽으로 깊숙하게 들어갔습니다.

나는 문득 김생원과 순덕이도 훌륭한 귀신 잡이가 될지 생각해 보았습니다. 두 오누이는 일단 힘이 장사였습니다. 어린 시절 오누이가 가마솥을 주고받으며 노는 모습을 보고 기겁했던 기억이 나니까요.

더구나 내가 옆에서 지켜본 김생원은 요즘 선비들 답지 않게 대쪽 같았습니다. 그의 누이 순덕은 또 어떠한 가요? 육이 없는 영을 볼 수 있습니다. 하지만 이 좋은 성품과 능력이 귀신 잡이가 되었을 때 꼭 좋게만 쓰이는 것은 아닙니다. 대쪽 같은 자는 스스로에 교만하여 귀신과의 싸움에서 크게 부러질 수 있습니다. 육이 없는 영을 볼 수 있다면 인간보다 영에게 마음이 쏠릴 수도 있습니다.

저는 제 마음을 황철 영감에게 고하려다 아서라 말아라, 노비 주제에 무슨 입이 있느냐 꾹 다물어 버렸지요.

"뭘 그리 멀뚱히 있느냐. 해가 지기 전에 이 안에 뭐가 있는지 다 설명해야 한다."

"아니, 외양간만 한 방 안에 뭐 그리 말해줄 게 있다고 그러십니까?"

나는 황철 영감이 서 있는 곳을 바라보았습니다.

골방 안쪽 어두운 벽에 족자가 하나 덩그러니 걸려 있었습니다. 그림은 회색의 돌산이었습니다. 돌산 위를 신묘한 구름이 휘감고 있었습니다. 돌산 깊은 곳에는 이름 모를 암자가 그려져 있었지요.

그제야 기분 좋은 냄새가 무엇인지 알 수 있었습니다. 바로 이 그림에서 배어 나오는 향내였던 것이지요.

"좀 더 가까이 와서 수비산의 아름다움에 빠져 보거라."

나는 코를 벌름거렸습니다. 인간의 육을 지니자 가장 먼저 냄새를 강렬히 느끼게 되었습니다. 나는 그림에 코를 박고 말았습니다. 그 기분 좋은 돌과 나무와 하늘의 향이라니. 혼으로 떠돌 때는 눈으로 볼 수 있고, 귀로 들을 수 있지만, 냄새는 맡지 못하였습니다. 나는 그림에서 풍기는 그 기분 좋은 향에 모든 시름을 잊어버렸습니다.

그때 황철 영감이 뒤에서 발로 내 엉덩이를 걷어찼습니다. 나는 어어, 하다가 족자 안으로 쑤욱 들어가 버렸습니다.

고개를 돌려보니 어느새 깊은 산속 암자 안에 있었습니

다. 그 암자 안에도 족자가 걸려 있었습니다. 허나 이번에는 수비산 밖 황철 영감의 집을 그린 그림이었습니다. 지붕 위 하늘에 걸려 있는 적색 결계만으로도 황철의 집이란 것을 알 수 있었지요.

"이 수비산의 작은 암자 뒤편에 두 개의 헛간이 있다. 헛간 안에는 빙지나 혼령을 거두는 향처럼 우리의 일에 필요한 도구를 보관하지. 또 빙지로 우리가 잡은 원귀와 괴물을 가둬두기도 한단다. 나중에 좀 더 자세히 알려주겠지만 해가 지기 전까지 네가 할 일은 이것이다. 이 안에 있는 것들을 모두 기억하고 돌보는 일이다."

"해가 지면 저는 여기 있으면 안 되나요?"

"이 그림은 특별한 주문을 외우는 인간이나 이 수비산의 물건을 지닌 자만이 들어올 수 있지. 하지만 이 수비산에서 다시 바깥 세계로 넘어가는 일은 누구나 할 수 있단다. 하지만 인간 아닌 혼은 여기에 들어온 이상 갇혀버리고 만다. 그래서 여기 갇힌 원귀들이 빙지에서 빠져나온다 한들 이 그림 밖으로 나설 수가 없다. 인간이 그 빙지를 싸 들고 밖으로 나가지 않는 이상."

"지금 저는 이렇게 몸이 있잖습니까. 천근만근 무겁고 여기저기 안 쑤신 곳이 없지마는."

"그 몸은 딱 낮에만 쓰는 것이야. 밤이 되면 그 몸에서 나와 다시 혼령으로 지내야 한다. 양기가 강한 낮에는 인간이 되고, 음기가 강한 밤에는 혼령으로 돌아간다. 우팡이, 그것이 너의 운명이니라."

그제야 저는 제가 완벽한 인간은 아니라는 사실을 깨달았습니다. 밤에는 예전처럼 한양의 밤거리를 떠돌아다니는 혼령으로 돌아가는 팔자였지요. 반 토막 난 사람 병신이 바로 우팡이였던 겁니다.

"그런데 왜 제 이름은 우팡입니까?"

"이미 왼쪽 헛간을 관리하는 좌팡이 있다. 거기에 맞춰 오른쪽 창고를 관리하는 괴물…… 아니 노비의 이름을 우팡이로 맞춰두었다."

황철 영감은 그리 말하고서 암자 뒷문으로 나와 헛간을 행해 걸어갔습니다.

족자의 그림에는 암자만 보일 뿐 그 뒤에 있는 두 개의 헛간은 가려져 보이지 않았지요. 하지만 정작 암자 뒤로 길게 이어진 헛간이 암자보다 훨씬 넓어 보였습니다.

"아까 말했듯 두 개의 헛간은 쓰임새가 다르지. 일단 우팡이 네가 관리해야 하는 곳은 무기만이 아니라 귀신 잡이로 살아온 나의 모든 비책들을 모아둔 곳이야. 생각해 보니 내가 살아온 삶이 이 헛간 안에 모두 담겨있구나."

황철 영감의 말대로 나 우팡이가 관리해야 하는 헛간에는 원귀나 괴물들과 싸울 때 사용하는 빙지와 다른 무기들이 쟁여져 있었습니다. 사실 칼이나 창 같은 것이야 뭐 특별할 것 없었습니다. 하지만 한눈에 들어온 물건이 있었습니다. 귀여운 도토리처럼 생겼는데 칼 도(刀) 자가 그려져 있지 뭐겠습니까. 그 도토리 닮은 것들이 함지박 안에 소복하게 쌓여 있었지요.

"이 도토리 표창처럼 생긴 것은 뭔가요?"

"그것을 원귀에게 던지면 원귀가 흩어져 한낱 바람으로 변해 버린다. 하지만 몸이 있는 괴물한테는 소용이 없지."

나는 그 작은 표창들을 몰래 집어 슬쩍 훔쳤습니다. 이곳에 들어온 기념으로 가지고 나가고 싶었으니까요. 또 내가 이승을 떠나고 싶은 순간이 올 수도 있죠. 그렇다면 혼으로 돌아간 밤에 스스로 이 표창을 내게 던질 것입니다. 저승에 가는 것보다 한낱 바람으로 사라지는 게 나을 것 같으니.

그때 누군가 나를 엿보는 것이 느껴졌습니다. 나는 고개를 돌렸습니다. 벽장 틈으로 회색의 작은 동물이 재빠르게 사라지는 것이 보였습니다.

'세상에 여기에도 쥐가 드나드는군.'

"이런 것들은 어디서 배우셨습니까?"

"나의 스승인 탁발승에게 배운 것이 절반, 내가 연구하고 만들어낸 것이 절반이니라."

무기만이 아니라 향도 한쪽에 쌓여 있었습니다. 서가에는 세상에 한 번도 알려지지 않은 괴물과 귀신에 대해 기록한 서책들이 가득했습니다. 모두 황철 영감이 쓴 것이라고 했습니다.

"우팡아, 까막눈이냐?"

"뭐, 생원의 어깨에 앉아 사서삼경도 다 떼고 그랬죠. 원귀로 살면 인간을 괴롭히는 재미라도 있을 텐데, 그조차도 없어 심심했으니까요."

황철 영감은 책을 한 권을 펼쳐보라고 했습니다.

손에 잡히는 책 하나를 집어서 펼쳐보니 그 안에는 조선을 뒤흔든 괴물과 원귀에 대한 기록이 세세히 적혀 있었습니다. 물괴나 구미호의 얼굴이 붓으로 그려져 있기도 했습니다. 그 외에 듣도 보도 못한 괴물들의 얼굴과 특징, 약점들이 세세하게 적혀 있었습니다. 명의가 조선의 약재에 대한 책을 쓰듯, 귀신 잡이 영감은 조선의 괴물에 대한 책을 써놓은 것이지요.

"이 그림도 직접 그리셨나요?"

"아니, 부인의 솜씨였지."

황철 영감은 씁쓸하게 말하고 발길을 돌렸습니다.

이번에는 왼쪽의 헛간으로 향했습니다. 헛간 안으로 들

어서자마자 오싹한 냉기에 소름이 오소소 돋았습니다. 나는 결국 요란하게 재채기를 했습니다.

"여긴 헛간이 아니라 빙고네요?"

물론 서빙고와는 달랐습니다. 하지만 천정에는 고드름이 달려 있고, 곳곳에 냉기가 가득했습니다.

"그렇지, 수비산의 빙고니라. 한강물의 얼음이 아니라 수비산 깊은 계곡의 냉기를 술법으로 채워 만든 빙고지."

"왜, 왜, 이렇게까지. 에이취!"

"빙지의 빙자를 냉기로 계속 잡아둔단다. 그래야 잡혀 있는 귀신이나 괴물들이 이 빙고에서 달아나지 못할 터이니. 이놈들이 사기를 내뿜으며 꿈틀거리면 가끔 빙지의 빙자가 녹아내리기도 하거든."

그러면서 황철 영감은 문가의 벽에 걸린 두툼한 호랑이 가죽조끼를 걸쳐 입고는, 내게도 하나 건네주었습니다.

빙지에 잡힌 괴물이나 원귀들은 사라지지 않았습니다. 빙지에 묶여 이 감옥 안에 보관되어 있었지요. 빙고의 벽마다 빙지들이 촘촘하게 붙어 있었습니다. 빙지에는 얼음 빙자에 눌린 괴물 여럿이 보였습니다. 그중에는 김생원과 감돌이 매화음의 밤에 함께 잡은 영노의 빙지도 있었지요. 그런데 순간 그 빙지가 팔딱이며 움직였습니다. 글자를 뚫고 영노가 다시 일어서려는 기색이었지요.

그때 천장에서 날쌔게 무언가가 날아와 빙지를 꽉 움켜잡았습니다. 은빛의 투명한 고양이를 닮은 괴물이었지요. 그 괴물은 까끌까끌한 혀로 빙지를 핥고 앞발로 꾹꾹 눌러서 다시 얼음 빙 자의 쇠고랑을 채웠습니다.

"저게 좌광이로군요."

"삵의 원귀인, 삵이 삯은 삯귀를 길들여서 이리 쓰고 있지."

황철 영감은 두 헛간을 다 보여주고 밖으로 나갔습니다.

그는 다시 수비산 밖으로 돌아가기 전에 어느 무덤 앞으로 갔습니다. 그 무덤에는 그의 아내와 자식이 묻혀 있었습니다.

황철 영감이 괴물을 잡으러 간 날에 그에게 앙심을 품은 원귀가 나타나 아내와 자식을 몰살시켰다고 했습니다. 황철 영감은 억울하게 죽은 아내와 자식 또한 원귀가 될 것을 알고 있었지요. 그리하여 빙지로 가둬둔 후, 이곳 그림 속 수비산에 무덤을 만들어 묻었다고 했습니다.

"그게 벌써 19년 전의 일이다. 그리고 얼마 후면 나도 이곳에 묻힐 것이니라."

황철 영감은 그러더니 빤히 나를 바라보았습니다.

"너 역시 황철로 살아갈 생각이 있겠지?"

나는 고개를 갸웃거리다가 말했습니다.

"우팡이라는 이름보다야 차라리 황철이 나을 것 같긴 하네요."

우리 둘은 다시 수비산의 그림 걸린 암자로 들어갔습니다. 그런데 암자에 걸린 그림이 조금 이상했습니다. 황철의 대문 위 하늘에 걸려 있는 적색 결계가 깨진 술잔처럼 하늘에 흩어져 있었습니다.

"영감님, 그림이 이상해요!"

황철 영감은 입으로 짧은 신음 소리를 내뱉었습니다.

"우팡아, 서둘러 밖으로 나가자꾸나. 뭔가 큰 탈이 났다."

황철 영감과 서둘러 수비산에서 빠져나와 행랑채로 돌아갔습니다. 그런데 밖에서 휘잉휘잉, 매서운 바람 소리가 들리지 않겠습니까?

서둘러 골방에서 나와 마당으로 달려갔지요. 점점이 붉은 피가 떨어진 모습이 눈에 보였습니다. 핏물 사이사이로 붉은 유리 조각 같은 것들이 떨어져 있었습니다. 그것은 바로 하늘의 결계가 조각조각 부서져 쏟아져 내린 것이었지요.

거대한 흰색 원반형의 소용돌이가 말벌떼처럼 사나운 소리를 내며 윙윙 날아다녔습니다. 화려한 불티가 소용돌이에서 솟아오르기도 했습니다. 그 소용돌이의 크기는 황소만큼 커졌다 또 생쥐처럼 작아지곤 했습니다. 그 사나운 괴물과 싸우는 피투성이 감돌도 눈에 들어왔습니다. 그는 목검으로 소용돌이를 쳐내면서 빙지를 들이댔습니다. 어떻게든 그 소용돌이를 빙지로 빨아들이려 하는 눈치였습니다.

"백륜이다. 어떻게 저것이 이 안에 들어올 수 있었을까? 저것은 사람이나 동물, 원귀의 형상도 아닌 바람 같은 괴물이라 심지어 빙지에 잡히지도 않는 괴물이다."

황철 영감이 탄식했습니다.

"저 괴물을 알고 있어요?"

"내 스승께서 힘겹게 잡아 파주의 오랜 불상 밑에 봉인했다. 그런데 저것이 어찌……"

감돌의 눈이 풀렸습니다. 그의 손에서 빙지가 맥없이 툭 떨어졌습니다. 소용돌이가 금방이라도 감돌의 목을 베어낼 것처럼 요란한 소리를 냈습니다. 백륜이 감돌의 이마께를 살짝 스치자, 금방 이마가 벌어져 피가 주르르르 흘러내렸습니다. 이제 목으로 다가가면 그의 숨통이 끊길 것이었습니다. 하지만 백륜은 그저 정신을 잃은 감돌의 머리 위에서 빙빙 맴돌기만 할 뿐이었습니다.

누군가 방안에서 뚜벅뚜벅 걸어왔습니다. 그는 나에게도 익숙한 바로 김생원과 순덕의 아버지였습니다. 무관으로 태어나 하급 무관을 하다 부상을 입어 퇴직하였으나, 이후 은거하는 선비로 글만 읽으며 살아온 사람이었죠. 그런 그가 손을 흔들자 백륜이 움직임을 멈추고 그의 손목에 팔찌처럼 끼워졌습니다.

"허, 백륜에게 먹혀버렸구나."

황철 영감이 작은 소리로 말했습니다.

이어 황철 영감은 내게 백륜에 대해 설명했지요. 황철 영감의 설명은 길지 않았지만 금방 이해할 수 있었습니다.

나, 우팡이가 한때는 혼령이었으니 괴물에 대해서야 기막히게 이해가 빠르지 않겠습니까?

백륜은 괴물이지만 인간이나 동물이 아닌 바람과 흡사합니다. 즉 서늘한 기운의 형상만 띠고 있습니다. 이런 기운을 빙지로는 잡을 수 없다 합니다. 괴물이지만 원한이 없이 파괴의 본능만 있다고 합니다. 그러니 적색 결계 따위 마음껏 깨부술 수 있지요.

백륜은 누구보다 강한 기운을 가진 원귀이기에 인간과 대적하고 싶어 할 테지요. 하지만 백륜은 영노처럼 인간의 말은 하지 못합니다. 그렇다면 꼭두각시 인간이 절실합니다. 그리하여 백륜은 자기의 입이 되어줄 인간 꼭두각시를 구하는 것이지요. 백륜은 인간 꼭두각시의 마음에 숨어 있다가, 결정적인 순간에 그 인간을 지배하여 마음대로 부리는 것입니다. 하필이면 그게 김생원과 순덕의 아버지, 김대감이었던 것입니다.

"백륜 선생이 인간을 통해 나를 찾아왔군."

김대감은 무언가 말을 하려고 입을 벌렸습니다. 입안에서 방게처럼 거품이 부글부글 나오고 두 눈동자가 재빠르게 좌우로 흔들렸습니다.

"사납기는 한데, 아직 인간의 말을 제대로 익히지 못하였군."

황철 영감이 작은 소리로 말했습니다.

"하지만 곧 백륜, 아니 백륜에게 먹힌 김대감이 말문을 열것이다. 지금은 감돌도 이 모양이고 방법이 없다. 여기는 내가 어떻게든 막아볼 터이니……"

"영감님이오?"

"내 오늘 죽지 않는다. 저승사자 만날 날이 코앞이지만은, 아직은 아니다."

"그렇더라도."

"일단 곧 해가 질 것이니 그 몸을 어딘가에 잘 숨겨두고. 순덕과 김생원에게 가라. 그들은 오늘 밤에 목멱산에 가서 이상한 왈패를 만날 것이니. 모리배를 이끌고 한양의 주막과 기생집을 떡 주무르듯 하는 그 왈패의 수장 중 한 놈이지. 그 녀석이라면 알 것이다. 왜 이렇게 영노들이 곳곳에서 많이 튀어나오고 있는지."

그때 눈이 돌아간 김대감의 눈동자가 서서히 자리를 찾

아갔습니다. 두 이빨을 딱딱 부딪치더니 혀를 깨물어 피가 질질 흘렸습니다. 김대감은 이내 사특한 목소리로 말하였습니다.

"당장 이 집을 내게 내놓아라. 그렇지 않으면 귀신 잡이 황철은 오늘이 가기 전에 황천으로 갈 것이다."

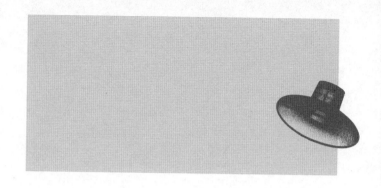

9 | 왈패와 선비가 불의 소리를 들어

김생원의 이웃에 흉가 한 채가 있습니다. 황철 영감의 집을 빠져나온 나는 서둘러 그 흉가에 들어가 몸을 뉘었습니다. 눈을 감으니 눈물이 났습니다. 여기서 노비 일가족이 돌림병으로 죽었습니다. 흉가가 된 그 집은 익숙했죠. 어린 노비 소녀로 생을 마친 그 집이니까요.

해가 지자 나는 우팡이의 몸에서 빠져나왔습니다. 천근만근 같던 다리, 온몸이 쑤시는 통증이 모두 사라졌습니다.

"이렇게 반푼이 같은 놈으로 살아서 뭐해?"

나는 밖으로 나와 아무 냄새도 맡을 수 없는 밤길을 걸었습니다. 마음의 허기와 비슷한 감정이 느껴졌습니다. 살아 있는 냄새, 이 세상의 냄새, 그것을 맡고 싶은 그 마음이 어찌

나 절실했는지 괜히 울적해졌습니다.

'에잇, 다시는 사람의 몸뚱이 없이 살지 못하겠군.'

나는 일단 황철 영감의 집으로 다시 날아갔습니다.

황철 영감의 집에서는 풍악이 울리고 있었습니다. 안방에서 김대감이 이태원 시전에서 손님들을 유혹하는 싸구려 창기들을 불러놓고 춤을 추며 놀고 있었습니다. 손목에 은 팔찌처럼 반짝이는 것, 그게 바로 백륜이었지요. 김대감이 바지까지 벗고 속곳 차림으로 덩실덩실 춤을 추고 있었는데, 눈은 웃고 있지 않았습니다. 그 눈 알 것 같았습니다. 겁에 질린 인간의 눈이었죠.

나는 백륜이 김대감의 몸을 빌어 싸구려 창기와 노는 일에 정신이 팔려 있는 찰나 황철 영감과 감돌을 찾으러 돌아다녔습니다. 그러다가 이 집의 곳간에서 들려오는 신음 소리를 듣고 걸음을 옮겼습니다.

이 나라 최고의 귀신 잡이를 자처하는 두 사람. 그들은 손발이 꽁꽁 묶인 채 짐짝처럼 버려져 있었습니다.

"꼴이 말이 아니네요."

감돌은 혼령이 된 내 목소리를 듣지 못했습니다. 허나 황철 영감은 피투성이가 된 얼굴을 들고 나를 쳐다보았습니다.

"우팡아."

"우팽이가 여기 있습니까?"

감돌이 되물었습니다.

황철 영감은 아무 말도 하지 않았습니다.

"스승님, 이제는 헛것이 보이십니까? 어이고, 이제 어쩌십니까?"

"우팽아, 네 첫 임무가 있다. 오늘 밤 목멱산에서 영노를 생포하거라."

"일단 빙고선비들을 불러와서 두 사람을 풀어줘야 하는 거 아닌가요?"

황철 영감이 입가에 은은한 미소를 지으며 고개를 저었습니다.

"아니다. 저 백륜을 상대하기에는 오누이 빙고선비들은 아직 지략이 없다. 하지만 내겐 지략이 있느니라."

감돌이 불쑥 화를 냈습니다.

"스승님, 팔자 좋은 소리 하지 마십시오. 우리 목숨이 파리 목숨입니다."

"아직 백륜은 빙지에 묶인 원귀와 괴물을 어디에 숨겼는지 찾지 못하였다. 그걸 찾아내기 전까지는 나나 너를 어쩌지 못하지. 그러니 아직 백륜을 잡을 시간이 있다."

"영노는 어디다 쓰게요?"

"너는 일단 빙고선비들과 함께 생포만 해 오거라."

"그것 참, 내가 손이 있어, 발이 있어?"

"네 말을 들어줄 빙고선비들이 있지 않느냐."

황철 영감은 그 말을 끝으로 눈을 감았습니다.

감돌이 눈을 부라리며 허공에 대고 말했습니다.

"우팡아, 아무리 늦어도 내일 새벽까지 빙고선비들과 함께 영노를 생포해서 이곳에 와야 한다. 꼭 목멱산에서 왈패를 만나 왜 이런 해괴한 일들이 늘어나는지도 알아내야 하고."

허나 그때 이미 나는 헛간을 빠져나와 빙고선비들에게 가고 있었습니다만.

김생원과 순덕은 마루에 앉아 아비를 기다리는 눈치였습니다.

"아버님께서 또 어디를 가셨을까요?"

"그러게 말이다. 딱히 말씀도 없으셨는데."

나는 그 집 담벼락 위에 슬그머니 올라가 앉았습니다. 순덕이 쳐다보지 않자 이번에는 껑충껑충 뛰거나 재주넘기를 했습니다. 그제야 순덕은 슬그머니 자리에서 일어났습니다.

"오라버니, 잠시만요."

순덕은 그러면서 담벼락에 있는 내게 눈치를 주고 따라오라고 했습니다. 내가 옆으로 다가서자 순덕이 손으로 슥 밀어냈습니다.

"이제 우리 오라버니 대신 우팡이라는 노비에게 깃들어 사는 거 아니었어?"

"낮에만 사람, 밤에는 귀신. 그나저나 역시 나를 보는구나."

"매번 보였지만 어쩔 수 없잖아. 이웃이었고. 또 원귀의 형상도 아니고. 그때는 내가 어떻게 떼어내야 하는지도 확신이 없었고. 하지만 지금은 달라."

"걱정 마. 지금 몸에 충분히 만족하고 있어. 그래서 온 게 아니라, 김대감님 때문에."

"아버지가?"

나는 순덕에게 자초지종을 다 털어놓았습니다. 잠시 고민하던 순덕은 내게 물었습니다.

"아버지가 백륜에게 잠시 홀린 거야? 아니면 목숨을 잃고 몸까지 빼앗긴 거야?"

"그게 그렇게 중요해?"

"홀렸다면 괴물을 떼어내면 되겠지. 하지만 아예 괴물이 아버지를 삼켰다면……"

나는 겁에 질린 김대감의 눈을 떠올렸습니다.

"죽은 인간은 겁에 질리지 않아. 살아 있어, 아직."

내 말에 순덕은 고개를 끄덕였습니다.

"나 황철 영감의 말을 전하러 왔거든. 오늘 밤 목멱산에서 영노를 생포해야 해."

그때 나는 문득 황철 영감이 영노를 잡아오라 한 이유를 알 것 같았습니다. 영노는 양반을 잡아먹는 괴물입니다. 백륜에 홀린 김대감을 잡아먹으면, 백륜까지 처리할 수 있을 것입니다.

나는 잠시 고민했지만, 황철 영감의 계획에 대해 순덕에게 말하지는 않기로 하였습니다.

순덕이 혼령인 내게 다가와 속삭였습니다.

"마침 황철 영감에게 받은 빙지가 있어. 그리고 내 예감에도 오늘 밤 목멱산에 영노가 나타날 것 같아. 무언가 불행한 괴물이 목멱산을 홀로 배회하는 기운이 느껴져."

마당에서 김생원의 목소리가 들려왔습니다.

"밤이 늦었다. 일단은 목멱산에 오르자꾸나."

깊은 밤 김생원과 순덕, 나는 목멱산으로 향하였습니다. 우리는 생각보다 쉽게 그곳에서 왈패 무리를 찾았습니다. 황철 영감의 말대로 깊은 밤 목멱산은 왈패들의 훈련장으로 쓰였습니다.

왈패는 원래 기생들의 기둥서방 노릇이나 하는 하찮은 사내들이었습니다. 하지만 이들이 기생집에서 시비를 거는 손님들을 쫓아내 주면서 점점 규모가 커졌습니다. 나중에는 왈패들끼리 무리를 지어 기생집이나 주막을 관리하기도 했습니다. 주로 주먹으로 위협하며 진상 손님들을 쫓아내는 일을 했죠. 그런데 한양이나 평안도의 큰 기생집에서는 기생들 간을 빼먹는 기둥서방 대신 아예 왈패단을 고용하는 일도 있었습니다. 사대문과 가까운 목멱산에는 깊은 밤 이런 왈패단이 모여 훈련을 하는 일이 잦았습니다.

그렇기에 목멱산에 오른 빙고선비들도 쉽게 왈패단을 만날 수 있었죠.

"저희는 귀신 잡는 빙고선비입니다. 여기 왈패의 우두머리 중에 귀신과 괴물, 특히 영노에 대해 잘 아는 분이 있다 들었습니다."

삿갓을 쓴 순덕이 부러 목소리를 낮게 깔고 물었습니다.

왈패들은 수군대더니 그중 두목으로 보이는 이가 말했습니다.

"우리는 귀신 따위에는 관심이 없소. 허나 영노라는 괴물에 대한 소문은 익히 들었지. 당신들 같은 선비들만 잡아먹는 괴물이라면서?"

그러면서 자기들끼리 시시덕거렸습니다.

"좀 도와주시오. 내 비록 영노나 쫓는 하찮은 백면서생…… 귀신 잡이 선비이나…… 형님은 관아에서 일하는 관리인데 여기 왈패 무리에서 관리하는 기생집에 줄을 댈 수도 있소."

김생원이 있지도 않은 형님을 더듬더듬 들먹였습니다. 그 꼴을 보고 왈패들이 파안대소했죠.

옆에서 나도 비웃었습니다. 뭔, 사내가 그 덩치에 허풍 하나 못 치는지.

"우리보다 한양의 기생집을 잘 아는 이들이 누가 있겠소? 그 선비 허풍 하나 제대로 못 치니, 처녀귀신 치맛자락 잡고 벌벌 떠시겠구면."

그러더니 누군가 나서 이렇게 농을 던지기도 하였습니다.

"아니, 왜 이리 영노에 집착을 해? 정난정이 요승 보우만이 아니라 양반 잡아먹는 영노까지 길러서 사대부를 움켜잡으려고 하나?"

덩치 큰 두 빙고선비는 이러지도 저러지도 못하고 얼굴만 붉어졌습니다. 보다 못한 내가 순덕의 어깨에 앉아 속삭였습니다. 순덕은 내 말을 듣더니 헛기침을 하고 그대로 읊어대기 시작했습니다.

"우리 평안도에도 귀신 잡이 빙고선비들이 있는데 말입니다. 요즘 평양 기생집에 파리만 날린다 하더이다. 기생집에 영노가 한번 출몰한 뒤로는 아무도 발길을 하지 않는다 하오. 그런데 이제 한양에도 밤마다 영노가 출몰한다는 거 아니오. 양반들이 드나드는 시전 뒤편 기생집까지 들이닥치면 어쩌려 하시오? 영노가 나타나 시전 뒤편 뒷골목에 나타나 양반들을 잡아먹기 시작하면, 어디 그 골목에 있는 기생집에 손님이나 들겠소. 그러니 좀 협조 좀 해주시오."

갑자기 그들은 꿀 먹은 벙어리가 되었습니다. 그러다 한 명이 기어들어가는 목소리로 말했습니다.

"뭐, 왈패 중에 희한한 무리가 있긴 합니다. 말없이 흰 소복 입고 나타나는 이들인데 꼭 귀신처럼 몸에서 빛이 난답니다. 그들에게 가보시는 것이 어떨지? 좀 괴이쩍은 이들이니까."

"그들은 어디에 있소?"

김생원이 다급히 나서며 물었습니다.

"이 산 중턱을 오르면 칠성각이 있는데, 그 앞에서 기도를 드리고 훈련을 한다 하더이다."

"고맙소. 우리가 이 은혜는 갚으리다."

김생원이 그렇게 말하고서 순덕과 함께 서둘러 움직였습니다.

"뭐, 그 괴물 좀 잘 없애주시죠. 사실 양반들이 우리 밥줄이니 말입니다. 영노가 양반들 다 먹어 씨가 마르면, 우리가 양반 행세할까? 재미없어 안 하지. 기생들 치마폭에서 버둥대며 눈먼 사대부들의 돈을 뜯는 재미로 사는데."

그러면서 왈패들은 또다시 자기들끼리 낄낄거렸습니다.

아직 칠성각까지는 한참인데, 언덕이 높아 두 빙고선비
는 잠시 쉬어가기로 했습니다.

"야밤에 이렇게 목멱산을 오르는 내 생전 처음이구나."

"목멱산에 오르니 기분이 이상하네요. 사대문과 성저십
리에는 우리가 미처 몰랐던 일들이 많은 것 같습니다. 오라
버니."

두 사람 사이에 잠시 침묵이 흐르기도 했습니다. 칠흑 같
은 어둠에 표정이 감춰지자, 두 사람은 마음의 말을 꺼낼 준
비가 된 듯했습니다.

"내 너에 대해 몰랐던 일도 많았다. 왜 나에게 시가에서
그런 일이 있다고 말하지를 않았니?"

"말을 해봤자 아버지나 오라버니 모두 믿지 않았을 테지
요."

"못 본 척하고 살 수는 없었느냐?"

"그러기에는 이미 원귀의 집착이 강하여, 그 사람의 목숨
이 다할 날이 멀지 않았고요. 그리되면 덤터기는 제가 쓰겠
지요. 서방을 잡아서 원귀를 쫓아내는 게 낫지, 서방 잡아먹
는다고 덤터기는 쓰고 싶지 않아서."

순덕은 그러면서 힐끔 다시 나를 보았습니다.

"또 어린 시절부터 귀신들을 보고 자랐기에, 못 본 척하고 산 세월이 이미 깁니다."

김생원은 고개를 끄덕였습니다.

"밤이 참 호젓하구나."

하지만 그 호젓함은 오래가지 못했습니다. 어둠 속에 바람을 가르는 소리가 들리더니 영노가 나타났지요. 양반의 냄새를 맡아서인지 새부리 같은 주둥이에서 군침이 질질 흘러내렸습니다.

김생원이 서둘러 나뭇가지를 주워 달려들었습니다. 영노는 김생원의 재빠른 공격에 끼끼끼끼, 괴상한 웃음소리를 내며 이리저리 피하였지요. 김생원은 계속해서 나뭇가지를 휘두르며 방어했습니다. 영노가 빙글빙글 돌면서 팽이처럼 날아다니자, 나뭇잎과 나뭇가지가 잘려나가 빙고선비들 쪽으로 날아왔지요.

"서둘러 칠성각 쪽으로 올라가거라."

김생원이 큰 목소리로 외쳤습니다.

그제야 김생원의 의도를 알 수 있었습니다. 김생원은 순덕을 보호하기 위해 일단 영노를 쫓아낼 생각인 듯싶었습니다. 하지만 내 보기에는 순덕보다 김생원이 위험해 보였지만요. 순덕 역시 마찬가지의 생각인지 주머니에서 주섬주섬 빙지를 꺼냈습니다.

'일단 저 영노를 빙지에 가둬둔 다음에 황철 영감의 집으로 돌아갈 생각이구나.'

그때 뒤로 물러나던 영노가 갑자기 앞으로 데구르르 구르더니, 순덕의 앞으로 바짝 다가왔습니다. 영노는 펄쩍 뛰어올라 손톱을 세우고 양팔을 위아래로 흔들면서 순덕을 공격했지요.

순덕은 겁먹지 않았습니다. 재빠르게 신고 있던 가죽으로 만든 당혜를 벗어 영노의 뺨을 때렸습니다.

'남장을 했어도 신발만은 어쩔 수 없이 여자들이 신는 당혜를 신었군.'

순덕의 손은 누구보다도 빨랐습니다. 정신없이 공격이 이어지자 영노도 뒤로 물러나기 시작했습니다.

그때 뒤에서 김생원이 목검을 휘둘러 영노의 머리를 내리쳤습니다. 비실대던 영노는 그만 바닥에 고꾸라졌지요. 그때를 놓칠세라 순덕은 품에서 빙지를 들고 영노의 기운이 어느 방향에서 약하게 느껴지는지 파악하려 했습니다. 괴물의 기운이 약해지는 방향에서 빙지를 들고 주문을 외워야 하니까요. 순덕은 겨우 괴물의 기운이 약해지는 방향 앞에 섰습니다. 하지만 황철 영감에게 빙지 쓰는 방법을 말로만 배웠기에 종이를 제대로 펼치지 못하고 버둥거렸습니다.

그 순간 영노가 다시 퍼뜩 눈을 떴습니다. 두 눈이 시뻘겋

게 변하더니 피눈물이 줄줄 흘렀습니다.

화가 난 영노는 재빠르게 팔을 뻗어 순덕의 손에서 빙지를 빼앗았지요. 영노는 빙지를 단숨에 찢어버리고 어느새 순덕의 삿갓까지 빼앗아들었습니다. 영노는 삿갓을 허공에 던지더니 끼끼끼끼, 웃으며 춤을 추었습니다. 그러더니 어느새 순덕의 머리 위로 재주를 넘었습니다.

순덕이 당황하는 사이, 영노는 재빠르게 도포 자락을 너풀대며 순덕의 어깨 위에 걸터앉았습니다. 영노는 맨발의 발톱으로 순덕의 어깨를 짓눌렀습니다. 순덕의 어깨에서 핏물이 배어 나와 옷을 적셨습니다. 순덕이 고통으로 온몸을 떨었습니다. 영노가 몸을 숙여 곧 양반 여식의 작은 머리통을 뜯어먹으려 포효했습니다.

김생원이 서둘러 목검을 들고 달려들었지만, 한발 늦을 게 뻔했습니다. 하지만 순덕의 목덜미가 뜯기기 전에 먼저 영노의 목이 뒤로 휙 꺾여버렸습니다. 개구리의 혓바닥 같은 뭔가가 영노의 목을 잽싸게 낚아채지 뭡니까?

당나귀를 탄 중늙은이 사내가 영노를 질질 끌면서 유유자적 우리에게 다가왔습니다. 상투를 틀지 않고 머리를 풀어헤친 꼴이었죠. 옷도 제대로 여미지 않아 가슴에는 시커먼 털이 수북하였습니다.

사내는 키는 그리 크지 않았지만 어깨와 가슴이 떡 벌어진 장사의 체격이었습니다. 당연히 바람결에 휘날리는 악취 섞인 술 냄새에 빙고선비들의 얼굴이 절로 찌푸려졌지요.

"어허, 선비님들 밤에는 조심하시게. 자칫하면 영노의 밥이 될 터이니."

순덕의 하얀 목덜미로 붉은 피가 뚝뚝 떨어졌습니다. 하지만 옷소매로 핏물을 닦은 순덕은 곧바로 찢어진 삿갓을 썼습니다.

"큰 도움을 주셔서 감사합니다. 그런데 그 영노를 어찌할 것이오?"

순덕이 낮은 목소리로 물었습니다.

"글쎄올시다. 이 영노가 실은 양반 출신이라, 불에 자글자글 구워서 잘근잘근 씹어보면 맛있을 것도 같은데."

중늙은이 사내는 그 말을 남기고는 당나귀를 끌고 산비탈을 올라갔습니다. 우리도 칠성각으로 가려면 그 뒤를 따라가야 했습니다. 영노는 중늙이가 던진 기괴한 선홍빛 끈에 묶여 두 발을 버둥거리기만 했습니다.

"그 무기는 무엇이오. 처음 보는 것인데."

김생원이 사내에게 물었습니다.

"선비님이 아니라 다시 보니 아이고, 무관 나리신가? 죄송합니다. 앞에 제가 한 막말은 잊어주셨으면 합니다. 나라에서 금하는 무기가 아니고 인명을 살생하는 게 아닌 요물을 잡는 무기이오니, 이만 관심을 꺼주시지요."

김생원이 마음이 상한 듯 손사래를 쳤습니다.

"우리도 그쪽 일에는 관심이 없소. 그저 칠성각까지 가는 길이니 같은 방향으로 갈 뿐입니다."

"그곳에는 어인 일?"

"왈패 한 놈을 만나야 하오. 한양에 영노가 창궐하는 이유에 대해 알고 있는."

"칠성각까지 갈 필요는 없겠는데. 내가 당신네들이 찾고 있는 왈패 태평이니까."

그는 잠시 당나귀를 세우고는 풀쩍 뛰어내렸습니다. 물론 끈에 묶여 버둥대는 영노의 목을 풀어주지는 않았습니다. 사내는 뒷발로 툭툭 영노를 차더니 말했습니다.

"아까 이 채찍이 뭔가 물어봤던가요? 이거는 내가 대동강에 나타난 물괴를 잡았을 때, 그 혀를 잘라 만든 채찍이오. 이게 아주 유용합니다."

왈패 태평은 두 빙고선비를 번갈아 쳐다보았습니다. 그러다가 순덕을 보고 씨익 미소를 지어 보였지요.

"그래, 그쪽은 어디서 보내서 왔는지? 정난정이 이미 은퇴한 나를 조사해서 보냈을 것 같지는 않고, 아마 황철 영감이 보냈겠지?"

빙고선비들은 원래 황철의 명을 받고 왔다는 사실을 밝

히지 않을 생각이었습니다. 하지만 두 사람 모두 성미가 대쪽처럼 답답했습니다. 상대가 눈치를 채고 있는 상황에서 굳이 거짓으로 혀를 놀리지는 못했습니다.

"우리는 황철 영감과 일한 지 얼마 되지 않는 귀신 잡는 빙고선비들이오. 허나 황철이 특별한 모략이 있어서 그쪽을 찾은 것은 아닙니다."

김생원은 이곳에 오게 된 연유에 대해 털어놓았습니다.

"그 고집스런 영감이 또 나를 찾으신다? 내가 다시 만나면 허리를 분질러 놓을 건데 말이지."

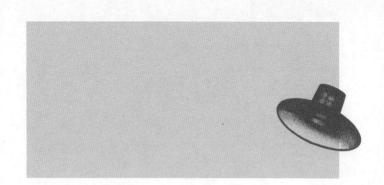

10 | 불꽃이 하는 말

태평은 스스로를 평양과 신의주 등 조선의 북쪽에서 유명한 귀신 잡이라 했습니다. 그곳은 개마고원에서 내려온 설인을 비롯해 으스스한 괴물들이 많이 나타난다 했습니다. 힘도 세고 원한도 서릿발 같아 한양의 황철 영감은 상대조차 할 수 없다 했지요.

"지금 내가 그만둔 지 한참이니 그쪽은 뭐 잔챙이 귀신 잡이들이 괴물이나 귀신 잡다 귓구멍, 콧구멍, 목구멍, 똥구멍 다 찢어져서 죽어나가고 그럴 거요. 나도 이 오른손 때문에 때려치웠고."

태평이 오른팔 주먹에 힘을 주었습니다. 하지만 주먹이 있어야 할 곳은 검은 허공뿐이었습니다.

"얼음 늑대한테 물려가지고 이 주먹이 날아가 버렸는데 그 신기한 게 딱 얼어 버려가지고 피 한 방울 안 납디다."

태평은 빙고선비를 만난 뒤 처음으로 웃어 보였습니다.

한번 말문이 터진 태평은 당나귀를 타고 칠성각으로 가는 내내 수다스러워졌지요. 태평의 집안은 원래 함경도에서 망나니를 하거나 도륙이나 하던 이들이었다고 말했습니다. 스스로 천하디 천한 팔자 중에 그래도 자기가 귀신 잡이라 제일 고상하다며 껄껄 웃었습니다. 그는 황철 영감과 틀어진 이유에 대해서도 주절거렸습니다.

팔이 잘린 후, 황해도에 은거하고 있는데 황철 영감이 찾아와 자기 밑으로 들어오라 했다는 거였습니다. 태평은 죽어도 남의 사타구니 밑을 기는 일은 못한다며 발로 황철 영감을 걷어차 버렸지요.

태평이 이런저런 말을 떠드는 사이에도 태평의 당나귀에 묶인 영노는 힘겹게 키키키키, 웃어댔지요.

태평은 영노의 얼굴에다가 캭 침을 뱉었습니다.

"그놈의 양반 괴물 새끼 되게 시끄럽네."

"괴물에다가 양반은 왜 붙이시오?"

김생원이 불편한 기색을 보였습니다.

"망나니가 양반 욕하니까 불편하오? 근데 어차피 이 괴물이 양반에서 잡놈으로 변한 괴물인 거 알 사람은 다 알 텐데."

순덕이 깊게 한숨을 쉬고 물었습니다.

"왈패 양반, 이제 우리에게 말 좀 해 주시오. 도대체 왜 이 영노가 조선의 밤을 뒤덮고 있는지."

"지금 그거 물어보러 가는 건데?"

그러면서 태평은 앞서 걷기 시작했습니다.

태평은 칠성각 앞에 당나귀를 묶고 꾸러미만 어깨에 짊어진 채 절벽 같은 바위를 올랐습니다. 빙고선비들도 어쩔 수 없이 그 뒤를 따랐습니다. 그 뒤를 우렁이의 몸을 떠난 노비 소녀의 혼령인 제가 뒤따랐지요.

이상해. 화끈화끈한 열기가 있다. 하지만 진짜 불꽃은 아니고.

나는 처음 느껴보는 열기에 당황스러웠습니다. 뭔가 거대한 기운이었습니다. 저승사자처럼 으스스한 것은 아닙니다. 뜨겁고 사나웠습니다. 그것이 무엇인지 태평을 따라 칠성각 뒤편 절벽 바위 위에 있는 동굴에 들어갔을 때 알았습니다.

처음에는 그저 잿더미에 영노만 한 괴물이 앉아 있는 줄 알았습니다. 아니었죠. 그 잿더미에는 피에 젖은 붉은 무복을 입힌 커다란 월도가 꽂혀 있었습니다.

"자, 이제 시작해 볼까."

태평은 장작더미에 부싯돌로 불을 만들어 붙였습니다. 불꽃이 거세게 일어나자, 망나니 칼 월도를 휘두르며 춤을 추기 시작했습니다. 그 춤과 함께 불꽃이 높게 치솟아 흰옷을 입은 불의 장정들이 하나둘 태어났습니다. 그들은 술 취한 듯 붉은 얼굴에 흰옷을 입은 모습으로 어느새 굴 밖으로 모두 빠져나갔습니다.

그렇습니다. 태평은 불의 정령을 불러들여 그것으로 왈패 무리를 이끌고 있었지요. 산 사람이 아닌 정령의 왈패를 이끌었던 것이었습니다. 나 역시 혼백이지만은 이런 광경은 또 처음이었지요.

"불의 정령들은 생전 처음이군요."

순덕이 차분하게 말했습니다.

"정령까지나. 그냥 불꽃이 아비 없이 혼자 낳은 불귀신 새끼들이지."

불의 정령들이 칠성각 밖으로 사라졌지만, 아직도 불은 높게 치솟았습니다.

"자, 보통은 여기서 불을 끄지만 오늘은 더 불러올 분이 있으니까."

"신을 불러오는 건가요?"

순덕이 물었습니다.

"역시, 아씨는 영매의 혼을 가지신 분 답군요."

"아씨라니. 그 무슨 허튼소리요? 내 아무리 귀신 잡는 선비라지만 이런 막말을……"

"내 기생집 왈패만 어느새 십 년 가까이요. 수많은 기생들이 오가는 것을 보고 살았소. 처음에는 분내만 맡아도 불뚝불뚝하던 바지 속 양물이 이제는 그냥 뭐 덜렁거릴 뿐이지만. 어차피 내 것도 아닌 것을. 하여간에 아무리 키가 크고 어깨가 널찍하고 삿갓으로 얼굴까지 가렸다 한들 그런 내가 사내의 몸과 여인의 몸을 구별하지 못할까?"

그러면서 태평은 실실 웃었습니다. 그 말에 순덕은 아무 말도 하지 못했습니다. 태평이 순덕 앞에 한 걸음 더 다가갔습니다.

"여기까지 왔으니 한번 직접 만나보시겠습니까?"

순덕은 잠시 입을 꾹 다물었습니다.

"천한 망나니의 신령이라 양반가의 아씨께서 만나기가 불편하시려나."

"아니오, 어쨌든 왜 한양에 영노가 창궐했는지 들어야만 하니까."

"그치, 그건 우리 망나니 할매나 알 수 있소. 나야 뭐 그냥 괴물하고 귀신만 때려잡던 놈이니 뭘 더 알겠소. 뭐, 영노들이 지독한 놈이란 건 알고 있지만."

"영노가 뭐가 지독하오?"

김생원이 싸늘하게 물었습니다.

"글공부만 하던 괴물이라서인지, 벽창호에 이기적이고 답답하기까지 하오. 거기다가 또 다른 괴물하고 다르게 머리는 좋아서, 잡기가 쉽지 않단 말이지. 게다가 물괴나 불가살처럼 좀 큼지막한 괴물이면 싸우는 재미라도 있지, 그냥 벼룩처럼 튀어서 도망 다니는 놈을 잡자니 영 신명도 나지 않고 그렇다고."

김생원이 무슨 말을 하려는데, 태평이 손을 뻗었습니다.

"잠깐 나리. 곧 우리 할매가 오시려나 보오."

태평의 말대로 순덕의 눈에 어리는 불꽃이 붉게 변하는 것처럼 보이더니, 실핏줄이 모두 터져 흰자위가 붉게 변했습니다.

나는 어느덧 순덕의 몸에 망나니 불꽃 여신의 령이 실린 것을 보았습니다. 순덕은 삿갓을 벗어던지고 긴 머리를 풀어헤쳤습니다. 두 눈에서 뜨거운 불의 기운이 살아났습니다. 흰 목덜미부터 도톰한 이마까지 연분홍빛으로 물들어 갔지요. 그녀는 천천히 꺼져가는 불씨 주위를 맴돌며 춤을 추었습니다. 움직임 하나하나에 불꽃이 일렁이듯, 세상을 집어삼킬 듯 아름다운 춤이었죠. 그러더니 순덕은 불씨를 밟고 히죽 웃었습니다. 화사한 죽음처럼 섬뜩하고 아름다운 미소여서 마음까지 베일 것 같았습니다. 하지만 이내 눈을 찌푸리고 할머니처럼 입가에 잔뜩 주름을 만들었지요.

다부지지만 늘 입을 꾹 다물던 순덕과는 전혀 다른 사람으로 변해 있었습니다.

"나는 망나니를 지키는 신. 죽음의 여신. 목이 잘린 양반네들의 목소리를 귀가 닳도록 듣고 있다네."

그때 태평이 머리를 긁적였습니다.

"참, 더러운 내 몸에는 악취가 심한지 실리지가 않더니. 양반가 누이 몸에는 덥석 실리네."

순덕이 태평의 뺨을 때렸습니다.

"내 앞에서 자세를 바로 갖추라. 더러운 핏줄로 태어나 더럽게 살아가는 놈아."

"아이고, 아주 망나니 여신 짓을 대놓고 하는구려. 망나니 후손이 불러내지 못하면 나오지도 못하면서. 자자, 이제 성은 그만 내고 말 좀 해보시오. 왜 이렇게 한양 한복판에 영노가 이렇게 많이 있는가?"

그러더니 망나니 여신이 실린 순덕이 큰 소리로 외쳤습니다.

"무덤을 가르고, 관을 열어, 사체의 목을 잘라, 부관참시를 하니 이승과 저승의 기운이 일그러지고 말았다. 죽은 자의 머리를 창에 꽂아 무덤에 두니, 그 일그러진 기운으로 강한 악의 기운, 악기바리가 이승으로 새어 나와 마음껏 세상을 휘저을 것이다."

잠시 후에 김생원이 말했습니다.

"무오년의 김종직 이야기 같은데, 벌써 오십 년도 지난 이야기 아닌가?"

"선비 나리, 세상이 그렇게 서책 넘기듯이 쉽게 바뀌는 줄 아쇼?"

태평이 비웃음 섞인 목소리로 말하였습니다.

귀신 잡이 태평이 하는 말이 무엇인지 알겠더군요.

인간의 세계와 영의 세계는 기운도 다르고 흐름도 다릅니다. 두 세계가 함께하지만, 한 세계가 곧바로 다른 세계에 큰 영향을 미칠 수 없는 게 그런 이유이지요. 하지만 이미 넋이 떠난 사체를 손대는 부관참시 같은 것으로 저승세계의 맥을 끊어버리면, 그 영향이 언젠가는 큰 화로 인간 세계에 돌아가기 마련입니다.

"이제 원귀가 된 선비들은 모두 영노가 될 것이다. 그리하여 양반들을 잡아먹고, 그 양반의 뼈가 사대문 안에 나뒹굴 것이다. 그리고 그 영노에게 잡아먹힌 양반의 원귀들이 다시 영노가 될 것이다."

망나니의 신이 된 순덕이 계속해서 주술을 읊었습니다.

그러더니 어느새 허공에서 나풀거리는 제게 다가왔습니다.

"억울하게 죽은 계집아이 노비야. 이 일을 해결할 힘을 지

166

닌 사람은 바로 너다. 그전에 너는 또 한 번 갈기갈기 찢겨야
하리."

그 말을 듣는 순간 뭔가 덜컥, 가라앉는 기분이 들었습니다.

나? 노비로 태어나서 억울하게 죽었다가, 겨우 억울하게
죽은 청년의 몸을 빌려 태어난 나? 내가 이 세상에서 영노를
없앨 힘을 지니고 있다? 그게 무슨 귀신이 배를 곯아 미투리
를 뜯어먹는 이야기인가? 게다가 또 한 번 찢겨? 겨우 얻은
우팡이의 몸인데, 이 몸이 또 찢겨?

나는 순덕의 말을 더 들어보려 가까이 다가갔습니다.

그 순간 순덕의 눈에서 불꽃같은 기운이 사라졌습니다.

순덕은 동굴의 벽을 짚고 힘겹게 주저앉았습니다.

"이제 망나니의 여신은 내게 계속 들러붙는 건가요?"

"망나니의 여신을 불러올 수 있는 사람은 오직 망나니의
핏줄을 가진 이 밖에 없소. 만약 아씨께서 저 여신의 목소리
가 필요하다면 한밤에 이 칠성각으로 태평이가 이끄는 귀신
왈패패를 찾아오시면 됩니다."

태평은 어느새 공손한 태도로 바뀌었습니다.

순덕은 칠성각을 떠나기 전에 나직한 소리로 말했습니다.

"이제 기생들 꽁무니는 그만 쫓는 게 어떠신지요?"

태평은 고개를 갸웃거리다가 주먹을 흔들어댔습니다.

"이 외주먹으로 뭘 하라는 겁니까?"

"주먹을 잃어서가 아니라 괴물이 두려워진 것 아닌가요? 하지만 아까 영노를 잡는 솜씨는 보통이 아니었습니다. 그 솜씨를 썩히는 것은 보통 아쉬운 게 아니겠어요."

그러더니 순덕은 속삭였습니다.

"내 지금은 귀신 잡는 빙고선비이지만, 곧 황철의 이름을 물려받을 것입니다. 아까 망나니의 신이 내게만 속삭였지요."

순덕은 슬그머니 미소 지었습니다.

나는 그 미소에 섞인 거짓을 보았습니다. 그런 예언 따위는 없었을 것입니다. 아마 저 거짓 예언으로 순덕은 감돌과 황철 영감을 속일 작정인 듯했지요. 하지만 그러기는 쉽지 않을 것입니다. 나 역시 노비 우팡이가 아니라 귀신 잡는 우팡이가 되어 노비의 신분을 벗어버릴 작정이었으니까.

"그러면 그때 다시 대동강 물괴의 혀로 채찍을 만든 귀신 잡이 태평을 찾아올 것이요. 그때까지 무사하시오."

태평은 갑자기 눈시울을 붉히더니 하나뿐인 주먹으로 눈가를 훔쳤습니다.

"아이, 젠장 이거 부끄럽게. 내가 왜 우는지 나도 모르겠네. 내 눈앞에 있는 아씨가 그렇게 미색도 아니건만."

"지금껏 쌓인 울분이 녹는 게지요. 그 인생 누가 한번 다독여나 줘봤을까."

　칠성각 앞까지 온 순덕은 생각난 듯 말했습니다.

　"저 영노는 내가 데려갔으면 합니다."

　"아니, 빙지도 없는데 저 영노를 어찌 끌고 가려 하느냐?"

　김생원이 놀라서 순덕에게 물었습니다.

　순덕이 주머니에서 주섬주섬 노리개를 꺼냈습니다. 노리개의 장식줄은 국화매듭으로 묶여 있었습니다.

　"혹시나 싶어 가져왔는데, 이제 이걸 써볼 날이 왔군요."

　순덕은 노리개를 들고 채찍에 묶여 있는 영노에게 다가 갔습니다. 그녀의 머리를 뜯어먹으려던 영노였지만, 순덕은 겁을 먹지 않았지요.

　"내 조금 전 네 덕에 용기를 얻었다. 저승 문턱까지 꽃놀이를 다녀왔으니, 이제 괴물이나 원귀를 상대하는 일이 두려운 게 아니라 즐겁기까지 하구나."

　순덕은 노리개를 영노 앞에서 흔들어 댔습니다. 인간의 눈에는 보이지 않지만 혼인 제 눈에는 매듭에서 배어 나오는 오색의 연기가 보였습니다. 어느새 그 연기를 사이로 매듭의 끈이 풀어지면서 갈퀴처럼 영노를 감쌌습니다. 그러더니 재빠르게 매듭으로 끌어당겼습니다. 어느새 노리개 매듭에 꽁꽁 감긴 영노의 머리가 자수처럼 새겨져 있었지요. 빙지처럼 순덕의 노리개도 괴물을 작게 만들어 가둬두는 모양이었습니다.

순덕은 노리개를 호주머니에 넣고 김생원에게 말했습니다.

"오라버니 이제 빨리 돌아가야 해요."

"어디로?"

"지금 아버지가 황철 영감의 집에 있습니다."

"아니, 아버지가 왜 거기 있단 말이냐?"

"그건 일단 가보면 알 거예요."

저도 그 둘을 따라가 목멱산을 내려가려 했습니다.

그런데 몸살이 온 것처럼 온몸이 으슬으슬했습니다.

제 눈앞의 세상이 온통 아득해져 갔습니다. 영혼의 마디마디마다 날카로운 가시가 돋는 것처럼 고통스러웠습니다.

아, 인간의 몸이라는 거 그건 왜 그렇게 고통스러운 일투성인가요? 똥오줌 내갈길 때는 그리 시원하고 좋건만.

11 │ 새벽닭이 울고 새 몸으로 본 세상

나는 새벽닭 우는소리에 눈을 떴습니다.

"뭐야, 모든 게 다 꿈만 같잖아."

소년 같은 우팡이의 낮은 목소리는 내게 아직 낯설었습니다.

허나 낯설어도 우린 둘 다 한 몸에 존재했습니다. 소녀 노비의 혼령인 나, 젊은 노비 우팡이인 나. 그 어느 것도 가짜가 아니었지요. 미명의 시간 동안 나는 그 둘이 모두 느껴졌습니다. 하지만 우팡이의 몸을 움직일 수는 없었습니다. 해가 떠오른 뒤에야 완전히 우팡이로 돌아와 몸을 일으켰죠.

나 우팡이는 서둘러 문밖으로 나왔습니다.

'지금쯤 황철의 집에서 무슨 일이 일어났을까? 백륜이 황

철은 물론 빙고선비들까지 다 잡아먹은 건 아니겠지?'

나는 숨이 끊어져라 달려 황철 영감의 집에 당도했습니다.

숨을 고르던 순간, 내 눈에 들어온 것은 뜯겨진 대문이었습니다. 안으로 들어가니 집안이 풍비박산, 온전한 곳이 없더군요. 뿐만 아니라 백륜에 붙들린 김대감도, 황철 영감과 감돌도 보이지 않았습니다. 순덕의 오라버니 성무도 없었지요. 집안에 있는 사람은 오직 순덕이뿐이었습니다.

나는 조심스럽게 순덕의 옆으로 다가가 앉았습니다.

"김생원님은요?"

갑자기 나도 모르게 왜 존대를 썼을까요? 나 우팡이의 신분이 노비라서 자연스레?

"오라버니는 해가 뜨기도 전에 달려 나갔어. 오늘도 또 벌점을 받을 수는 없다면서."

"피곤할 텐데."

"사대문까지 뛰어가면서 졸겠지."

"아니, 귀신도 아닌데 사람이 그럴 수가 있나요?"

"우리 오라버니는 그렇게 해. 매일 출근시간마다 한참을 뛰어가야 하니, 쉬는 대신 뛰면서 꾸벅꾸벅 조는 거지."

나는 순덕의 말이 귀에 들어오지 않았습니다.

순덕의 입가에 밴 미소와 몸에서 배어나는 향내 때문이었습니다. 또 전날 밤 보았던 순덕의 불꽃 춤이 떠올랐습니다.

갑작스레 얼굴이 붉어졌습니다. 분명 노비 소녀 혼령이었던 시절에는 김생원을 사모했는데, 노비 우팡이로 돌아와서는 순덕에게 설레는 감정을 갖다니요. 이 무슨 괴이한 일인지.

허나 말도 안 되는 일이라는 것쯤 나도 잘 알았습니다. 차라리 혼령은 마음대로 양반을 짝사랑할 수 있죠. 허나 노비가 사대부의 아가씨를 짝사랑했다가는 능지처참 당할 것입니다.

나는 자리에서 일어났습니다.

"아씨, 일단 사라진 사람들을 찾아보죠."

그렇게 이웃집 동생 순덕은 내게 순덕 아씨가 되었습니다.

"우리끼리 있을 때는 그렇게 격식을 차리지 않아도 되는데. 그냥 혼령일 때처럼 편하게 불러도 괜찮아."

"아니요, 그게 편하거든요. 전 이제 인간 사내 노비로 다시 태어났으니까. 더 이상 아씨의 눈에만 보이는 노비 소녀의 넋이 아닙니다."

그러고서 나는 한 마디 덧붙였습니다.

"물론 평생 노비로 살고 싶지는 않아요."

그 이름을 얻으면, 그 명예를 얻으면 노비의 신분을 벗어날 수 있습니다. 황철 영감 같은 큰 귀신 잡이는 조선에서 노비 아닌 중인으로 살아가니까요. 어차피 낮에는 인간, 밤에는 혼령인 굴레에서는 벗어날 수 없습니다. 나는 귀신 잡이를 통해 이번 생에서 노비의 신분을 벗어날 작정이었습니다.

"너도 그 이름을 얻고 싶니?"

"네, 절실하게 갖고 싶어요."

"이상하구나. 사대부의 뼈대 있는 가문도 아니고 겨우 유명한 귀신잡이의 이름일 뿐인데."

"조선의 개뼈다귀 노비에게는 그 귀신 잡이 황철의 이름이 새 신분을 얻을 수 있는 동아줄이니까요."

갑자기 순덕의 표정이 새초롬해졌습니다.

"소박맞은 여인은 뭐 다를 줄 아느냐? 노비는 일을 하면 품삯이라도 받지. 나와 같은 운명은 보쌈 당해 첩으로 들어갈 날이나 기다려야 한다. 그 무슨 해괴한 운명이란 말이냐."

"왜 시댁에 사실을 말하지 않았습니까? 실은 그 남자의 인생을 구해준 거나 마찬가지라고."

"내가 말하지 않았을 것 같으냐?"

나는 놀란 눈으로 순덕 아씨를 쳐다보았습니다.

"그 말을 했다가 쫓겨났다. 그 말을 하지 않았으면 평생 시댁에서 찬밥 신세로 지냈겠지만 쫓겨나지는 않았겠지. 하지만 댁의 아들이 조상 할멈 귀신에 씌워 지금껏 살아왔다는 말이 그 양반 집에서는 용서가 되지 않았다."

우리 두 사람 사이에 어색한 침묵이 흐르는데, 갑자기 순덕 아씨가 제 팔을 쓰다듬었습니다.

"그런데 이상하네."

"아씨, 왜 그러십니까?"

"죽은 사람이 산 사람이 됐는데 이렇게 감쪽같을까? 살이 탄탄하네."

그건 저도 신기하기는 했습니다. 더구나 어느새 몸도 마음도 우팡이가 된 것 같았습니다. 노비 소녀 혼령은 내 꿈속의 존재인 것 같았지요.

"저도 신기하긴 합니다. 하룻밤 사이에 내 팔다리가 진짜 팔다리가 되다니."

"진짜 네 팔다리가 맞다."

"그렇긴 합니다만, 이제 그만 좀 놓아주시지요? 아픕니다. 아씨는 손아귀 힘이 너무 강하셔서."

"미안하구나. 내가 오랫동안 봐오던 그 혼령이라 생각해서."

순덕 아씨는 내 팔을 놓았습니다. 하지만 물끄러미 나의 눈을 바라보았습니다. 나는 눈동자에 숨긴 비밀을 들킬까 싶어 일부러 다부진 표정을 지었습니다. 하지만 어느새 얼굴이 달아오르는 게 느껴졌습니다.

"눈은 똑같다."

"눈이요?"

"내가 어렸을 때 봤던 네 영혼의 눈. 그 언니의 눈빛과 같다고."

"그걸 기억합니까?"

"그럼 내겐 가장 소중한 친구였는걸. 오빠도 울었지만 나도 사흘 밤낮을 울었다."

"혹시 개떡도 기억하세요?"

내가 넌지시 묻자 순덕 아씨가 큰 소리로 웃었습니다.

"네 어머님의 손맛을 어찌 잊겠니."

"사실 그 반죽에 넣은 쑥은 뒷간 근처에서 자라던 것이었지요."

"아아, 더럽다. 더러워."

말은 그렇게 했지만 순덕 아씨는 입가에 미소가 감돌았습니다.

그렇게 우리는 신분의 차이도 남녀유별도 잊고 좀 더 가까워진 듯했습니다.

"아씨, 그나저나 이게 다 무슨 일인가요? 한밤에 무슨 일이 있었나요?"

"황철 영감의 짐작대로 영노와 백륜 사이에 한판 싸움이 붙었어."

빙고선비들이 왔을 때 집안에는 김대감 혼자 있었다고 했습니다. 취해서 곯아떨어진 상태였지요. 김대감이 잠들어

있자 그의 손목에 팔찌처럼 감긴 백륜도 잠시 휴식을 취하고 있는 듯 보였다고 했습니다.

"일단은 네가 알려준 대로 곳간에 가서 황철 영감과 감돌을 풀어주었지. 그런데 감돌이 목이 너무 마르다며 물을 찾는 거야."

순덕 아씨는 곳간을 김생원에게 맡기고 집 후원에 있는 우물로 갔다고 했습니다. 그곳에서 조심스레 두레박으로 물을 긷는데, 바람이 뺨에 닿았다 했습니다. 처음에는 춘풍처럼 보드라웠다 했습니다. 하지만 이내 한겨울 북풍처럼, 그리고 사나운 폭풍처럼 달려들기 시작했지요. 바로 백륜이 잠에서 깨어나 곯아떨어진 김대감 없이 홀로 나타난 것이었습니다.

"무시무시한 괴물이지만 말을 해줄 입이 없는데 백륜이 무슨 말을 할 수 있겠어? 그저 사납게 바람만 몰아칠 뿐이었지."

그 바람에 순덕 아씨의 옷고름에 달린 노리개가 툭 떨어졌습니다. 그리고 매듭이 폭풍에 휩싸이면서 국화매듭이 풀려나 영노가 세상으로 다시 나왔습니다.

"영노가 곧바로 백륜을 사납게 공격하기 시작했어."

"이상하네요. 백륜은 양반이 아닌데 왜 영노가 공격했을까요? 아, 맞다. 맛있는 냄새가 났겠군요."

"맛있는 냄새?"

"김대감 어른의 팔목에 오래 감겨 있었으니. 영노 입장에서는 맛있는 양반 냄새가 배어 있어 양반으로 착각했을지도 모르지요. 게다가 바람까지 휘휘 부니 아주 그냥 식욕이 그냥. 조선의 양반이라고 해봤자 기껏 영노에게는 먹잇감."

순덕 아씨가 입을 꾹 다문 채로 나를 쳐다보았습니다.

나는 아차, 싶었습니다.

"아씨. 혹시 제 말에……"

"됐다, 네가 아씨라고 하니 그에 어울리는 예를 갖추었으면 좋겠구나."

"당연하지요. 제가 아직 혼령이었던 시절을 잊지 못하고 이 나라의 법도를 익히지 못하였습니다."

순덕 아씨가 다시 앞서 걷기 시작했습니다.

"결국 영노가 옷자락을 펄럭이며 백륜 안에서 날아다니기 시작했지. 그러다가 영노가 그 이빨과 손톱으로 바람을 하나하나 끊어 버렸다. 곧바로 작아져 버린 백륜을 영노가 삼켜버렸지. 그때 황철 영감과 감돌이 나타나 빙지로 다시 영노를 가둬버렸어. 황철 영감 말에 따르면 이계의 존재는 친구가 없고 모두 적이라 서로를 공격하는 습성이 있다는구나. 영노도 그래서 사납게 백륜을 공격한 거지."

이후 순덕 아씨는 잠에서 깬 김대감님을 데리고 일단 집으로 돌아갔다고 했습니다. 그 시간에 김생원은 출근 시간에

늦지 않기 위해 졸면서 만리재 고개를 뛰어넘고 있었을 것이고요.

나는 문득 그 사실도 궁금했습니다.

"김대감 님은 기억은 하시던가요? 백륜에 홀린 일을?"

순덕 아씨가 고개를 내저었습니다.

"아니, 왜 파주가 아니라 성저십리에 와 있느냐고 되물으시더구나. 파주에서 용암사로 유람 갔다 그만 인간 세계로 돌아온 백륜에게 잡히신 거야. 폭풍이 불고, 갑자기 말벌 떼에 쏘인 듯 고통스러웠던 기억이 난다 하시는데, 아마 그때겠지."

"마지막 기억이라면 아씨께 빙고선비의 일을 허락한 일도?"

순덕 아씨는 고개를 끄덕였습니다.

"그럼, 다시 삿갓과 도포를 벗으시고 집으로 돌아가시는 겁니까?"

"당치 않은 소리. 이제 겨우 괴물 잡는 맛을 알았는데 여기서 어찌 그만두겠니? 그 일을 의논하러 황철 영감을 보러 왔건만 보이지를 않는구나."

그때쯤 되자 나는 황철 영감과 감돌이 어디에 있는지 알 것 같았습니다.

"아씨, 저를 따라오시죠. 다행히 대문은 다 부수어졌어도 그 옆에 골방은 멀쩡하네요."

"골방도 일찌감치 열어보았지. 아무도 없더구나."

"당연하죠. 거기 있는 비밀의 문을 아씨는 아직 모르시잖습니까?"

허나 골방으로 가 족자 앞에 섰어도 어찌할 수가 없었습니다. 어깨를 들이밀고, 발을 디뎌도 족자 안으로 들어가지 못했습니다.

"지금 뭐 하는 게냐?"

"이상하네. 그때는 황철 영감을 등만 툭 밀어도 들어갔는데. 한번 제 등을 밀어주시겠습니까?"

순덕 아씨는 한숨을 내쉬고 제 등을 힘껏 밀었습니다. 하지만 저는 그림에 머리를 부딪치고 다시 넘어졌지요. 그 바람에 주머니에서 도토리 표창이 떨어졌습니다.

"이 도토리 같은 것은 뭐야?"

순덕 아씨가 물었습니다.

"저 그림 안 수비산에서 주워왔지요."

순덕 아씨가 도토리 표창을 호두 알처럼 만지작거리다가 고개를 끄덕였습니다.

"아, 그래. 저기서 건너온 물건이라면 저기로 건널 수도 있겠지"

그러면서 순덕 아씨는 도토리 표창을 주워 힘껏 족자에

던졌습니다.

쿵덕, 소리와 함께 족자가 흔들리면서 잠시 영묘한 구름 같은 것이 뜨더니만 도토리 표창이 사라졌습니다. 나는 도토리 표창을 다시 한번 집어던졌습니다.

"아씨. 빨리 뛰어드세요."

순덕 아씨는 이번에는 나를 믿는지 족자 안으로 몸을 던졌습니다. 그리고 사라졌습니다. 나도 도토리 표창을 한 번 더 던지고 그 뒤를 따라 수비산의 세계로 들어갔습니다.

12 | 사람이 요물로 변하기도 하는 인생사

내가 수비산 암자에 들어가니 순덕 아씨가 좌팡이를 손으로 어르며 놀고 있었습니다.

"우팡아, 이 귀여운 고양이 괴물은 무엇이냐?"

"고양이가 아니라 삵이었습니다. 삵이 죽어서 귀신이 된 하찮은 삵귀죠. 이름은 좌팡인데, 황철 영감이 길들여서 괴물을 잡아둔 빙지를 모아두는 빙고를 지키게 하고 있습죠."

나는 물끄러미 좌팡이를 바라보다 갑자기 이상한 기분이 들었습니다.

"아니, 그런데 왜 이놈이 여기에? 아아, 아씨 큰일 났네요. 빨리 헛간으로 가요."

빙고 안에는 황철 영감이 거꾸로 매달려 있었습니다. 더구나 벽에 붙여놓은 괴물 가둔 빙지들은 싹 사라져 있었지요. 그는 덜덜 떨면서 계속 재채기를 해댔습니다.

더구나 이쯤이면 배신자가 누구인지 귀문 뚫린 여러분은 다들 아실 거라 봅니다.

역시나 김생원이 사람 보는 눈이 있었지요. 구미호가 인간으로 변해 인간을 농락하듯, 때론 인간도 구미호 같은 요괴로 변하나 봅니다. 욕심, 질투, 원망, 잘난 척, 허세가 꼬리뼈에 얹혀 눈에 보이지 않는 꼬리들로 자라나는 것이지요.

"모두 감돌의 짓이다."

우리가 황철 영감을 풀어주자 그가 한숨을 내쉬고는 겨우 말했습니다.

"기운이 없구나. 내게 적소수를 다오. 오른쪽 헛간에 가서 문갑 맨 아래 서랍에 붉은 소가 그려진 술병이 있다. 그걸 가져오렴."

나는 서둘러 오른쪽 헛간으로 갔습니다. 황철 영감의 말대로 문갑 맨 아래 서랍을 열어보니 두 개의 술병이 있었습니다. 붉은 소가 그려진 것과 또 하나에는 붉은 부적이 붙여져 있었습니다.

나는 붉은 소가 그려진 것을 꺼내 빙고로 돌아왔습니다. 황철 영감은 적소수를 벌컥벌컥 마시고서야 고개를 내저었습니다.

"황소의 영혼은 붉다. 그 혼을 담아 감주를 담그면 금방 기운이 나지."

황철 영감은 기운이 났는지 이 헛간 안에서 벌어진 일들을 상세히 털어놓았습니다. 역시나 머리 검은 짐승은 거둬 키우는 게 아니라더니.

순덕 아씨가 김대감을 집으로 모셔간 후, 황철 영감은 감돌과 함께 족자의 풍경화를 넘어 수비산의 세계로 들어왔다 했습니다.

그때 황철 영감은 특별한 빙지를 꾹 움켜쥐고 있었습니다. 백륜을 삼킨 영노를 가둬둔 빙지였지요. 영노는 '빙'자를 뚫고 나오려 온몸을 버둥거렸겠지요.

"괴물이 괴물을 삼켰으니, 이 괴물이 어찌 될지 모르겠구나. 어쩌면 이놈은 영노와는 다른 더 사나운 영노가 될지도 몰라."

황철 영감은 좌팡이가 지키는 빙고에 들어서서는 감돌에게 그리 말했습니다. 하지만 돌아온 대답이 이상했지요.

"그렇죠, 영감님도 눈에 보이지 않는 괴물에 잡아먹히셨죠. 그 괴물의 이름은 노망입니다."

황철 영감이 고개를 갸웃거리자, 곧바로 감돌이 가볍게 다리를 걸어 황철 영감을 넘어뜨렸습니다. 갑자기 엉덩방아를 찧은 황철 영감은 제대로 일어나지도 못하며 아구구, 소리만 냈습니다. 감돌은 황철 영감의 손목을 지그시 밟은 후에 빙지를 빼앗았다고 했습니다.

"감돌아, 이게 무슨 짓이냐?"

"그 말은 내가 묻고 싶은데요. 스승님, 내가 그냥 귀신 잡이입니까? 내가 몇 년을 황철로 살았는데. 내가 황철이고, 황철이 나죠. 게다가 자식도 잃고, 아내도 잃은, 불쌍한 영감의 옆을 지킨 사람이 누굽니까? 그런데 그 보답이 고작 이겁니까? 내가 핏줄이 아니라 이렇게 내치는 건가요? 나 대신에 다른 빙고선비들에게 황철이란 이름을 물려줄 수도 있다고요? 영감님은 노망이 나셨습니다. 그런 영감님에게 황철이란 이름을 함부로 맡길 수가 없습니다."

"어찌 이리 마음의 종지가 간장종지더냐. 그렇게 밖에 생각을 할 수 없더냐. 좀 더 배포를 크게 가져야 한다. 그래야 큰 사람이 될 수 있지."

감돌은 고개를 갸웃거리더니 이번에는 황철 영감의 정강이를 질끈 밟았습니다.

"모르겠습니다."

그러더니 감돌이 표정 없는 얼굴로 황철 영감을 보았다고 했습니다.

"이 노친네야, 그깟 귀신 잡이한테 배포가 무슨 소용? 귀신만 잘 잡으면 되지. 아랫사람에게 뒤통수나 맞는 주제에."

이후 감돌은 황철 영감의 발을 묶어 거꾸로 매달아두었습니다. 그러고서 삯귀 좌팡이를 붙잡아 빙고 밖으로 쫓아냈지요.

"이제 날 방해할 사람은 하나도 없겠군."

감돌은 한양의 영노를 잡아둔 빙지들을 모두 뜯어내 둘둘 말아 챙겨서 달아났습니다.

"발목뼈를 분지르려다가, 내 그동안의 정이 있어 병신은 만들지 않고 떠나오. 이제 황철은 제가 가져가니, 영감님은 그냥 국으로 조용히 계시다가 편히 저승길로 가시구려."

자조치종을 모두 들은 후, 순덕 아씨는 알 수 없는 표정을 지었습니다.

"그 영노가 잡힌 빙지를 가져다가 어디 쓰죠?"

"글쎄요, 그건 저도 잘 모르겠습니다. 그 종이로 정난정을 협박하려는지, 아니면 영노를 아예 왕궁에 풀어놓고 그걸 해결한 뒤에, 진짜 황철이라고 자랑하고 다닐 생각인지. 감돌이 녀석도 나보다 꾀가 많아서 내가 그 녀석의 수를 다 읽지를 못한답니다. 그렇게 영리한 놈이 왜 그렇게 어리석은 선택을 했는지."

나는 혀를 끌끌 차는 황철 영감이 못내 얄미웠습니다.

사실 어떤 면에서는 감돌이 이해가 가기도 했습니다. 그 까칠한 성격에 평생 황철의 입에 혀처럼 굴었는데, 그렇게 버림을 받다니요.

반면 순덕 아씨는 나와는 생각이 다른 눈치였습니다.

"영감은 감돌이 이미 그런 사람이라는 것을 알고 계셨던 거지요?"

"꾀가 많고 욕심이 많습니다. 그런 녀석이 과한 재주를 가지면 사람 아닌 괴물이 되기 쉽지요. 하지만 그만큼 재주가 빛나는 녀석이었지요. 내 그래서 기품 있는 집안의 두 오누이를 보며 선비의 겸손을 배우기를 바랐건만……"

황철 영감은 그러더니 한숨을 내쉬었습니다.

"이러니 황철이란 이름은 절대 녀석에게 물려줄 수가 없게 됐군."

순덕이 허공의 어딘가를 지그시 바라보았습니다.

"어쩌면 감돌 또한 홀린 것일지도 모릅니다."

"홀렸다?"

"영노를 삼킨 백륜에게 말이지요."

황철 영감은 잠시 아무 말 하지 않았습니다.

"그렇더라도 이젠 어쩔 수 없습니다. 돌이킬 수 없으니까요."

황철 영감이 물끄러미 천장을 바라보았습니다.

"영노와 백륜과 귀신 잡이가 한 몸이 되어 거대한 괴물로 변할 터이니."

황철 영감은 곧이어 나에게 서랍장을 열고 붓과 종이를 가져오라고 했습니다.

"빙지요?"

"그냥 종이면 된다."

나는 서랍장을 열어 붓과 종이를 가져다주었습니다. 하지만 먹도 없고, 벼루도 없었습니다. 그런데 마른 붓으로 글을 쓰자, 술술 글자가 쓰였습니다. 나와 순덕 아씨 모두 놀랐지요.

"요사붓이라고 혼자서 요사스런 글을 쓰는 붓 모양의 괴물이지요. 이 요사붓에 속아 기생집이건 사헌부에서건 궁궐에서건 이상한 편지들이 돌아다녔습니다. 결국 내가 잡아다가 길들여서 이럴 때나 유용하게 쓰고 있지 뭐겠습니까."

황철 영감이 순덕 아씨를 바라보았습니다.

"이 편지를 운종가 시전에서 면포점을 하는 어멈에게 전해 주십시오. 궁과 내통하는 내 비밀 연락책이요."

"누구에게 보내는 편지인지 물어도 되겠습니까?"

"뭐, 이 일을 의뢰한 사람에게 보내는 것이죠. 바로 정난정에게. 일이 이상하게 꼬였으니 어쩌겠소, 직접 오늘 밤에 만나서 대책을 구해봐야지. 자칫하면 사대문 안에 영노와 백

류이 창궐해 사달이 날 게 뻔한데. 이건 나 혼자의 힘으로는 할 수 없습니다."

"잠깐만요……"

내가 잠시 손을 들었습니다.

"그럼 이리로 정난정이 찾아옵니까?"

"아니지, 오늘 밤 나하고 빙고선비들이 정난정의 집으로 갈 것이다."

나는 노비의 신분으로 조선 최고의 실세를 만나겠구나 싶었습니다.

"안타깝네요. 밤늦은 시간이니 저는 우팡이의 몸을 버리고 혼령으로 뒤따라가겠군요."

황철 영감이 내 어깨를 다독여주었습니다.

"우팡아, 너는 갈 수 없다. 너에게는 다른 임무가 있다."

"또 노비의 일입니까?"

"아니다. 나 황철을 대신해 해야 하는 중요한 일이다. 네가 답을 얻어와야만 한다. 이 모든 것을 끝낼 수 있는 지략. 네 손에 어쩌면 조선의 앞날이 달려있는지도 모른다. 나는 늙었다. 감돌은 욕심에 눈이 멀어 나를 배신했다. 그러니 내 수족이 될 너의 힘이 필요하구나, 우팡아."

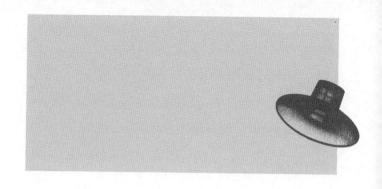

13 | 수비산 자락 땅거미

저는 수비산을 황철 영감이 만든 가짜 세상이라 여겼습니다. 저승도 이승도 아닌 귀신 잡이가 만들어낸 환상의 무릉도원이라 믿었지요. 하지만 수비산은 한양과 멀리 떨어진 조선의 동쪽 등줄기 끝에 숨겨진 흙과 물과 나무가 있는 진짜 산이었습니다. 조선의 등줄기 산맥인 태백산맥 심수령이 갈라지는 곳에서 토끼똥처럼 떨어져 나와 홀로 있는 산. 하지만 그 토끼똥 산이 신비한 명산이었지요.

수비산을 찾아가는 길은 험하고도 험하여 웬만한 사람은 못 들어갑니다. 안개에 휩싸여 길을 잃고, 갑자기 소나기가 몰아쳐 불어난 계곡물에 사람이 빠져 죽지요. 하지만 그 험한 길을 따라가면 조선의 무릉도원이자 수많은 달인들이 기운을 받아 나가는 수비산에 도착하지요. 계룡산이 수행에 발가락 조금 담가본 사람들까지 아는 그런 흔한 곳이라면 수비산은 깊이 수행한 사람만 아는 특별한 곳이라고 합니다. 계룡산의 도인들을 한량 취급하는 것이 이곳 수비산의 도인이란 말도 있다니까요. 자칫 멋모르고 이 산에 올랐다가 미쳐 돌아간 범부들 역시 수두룩하다 합니다.

황철 영감의 스승인 탁발승 또한 이곳 수비산에 정좌하였지요. 그런데 황철 영감의 스승은 도인이라, 심수령에서 굽이굽이 길을 찾아 수비산에 올라간 것이 아니었습니다. 그에게 특별한 비기가 있었습니다. 바로 수비산을 그린 족자를 통해 바로 들어가는 것이었지요.

"내가 탁발승인 스승님과 헤어지고 홀로 귀신 잡이로 살아온 세월도 제법 길었다. 스승님은 그때 수비산에 들어가 정좌하고 계셨지. 그런데 내가 아내와 자식을 잃고 시름에 잠겨 있을 때였지. 해질녘에 목숨을 끊을까, 한강까지 갔더니 갑자기 스승님이 나룻배를 타고 나타나지 뭐겠니. 내 놀라서 언제 여기에 왔느냐고 물었다. 그랬더니 내 기운이 수상하여 한달음에 달려왔다 하더구나. 그러고서 아무 말 없이 내게 건넨 것이 바로 이 둘둘 말은 수비산 족자였다."

그 후로 황철 영감은 수비산과 한양을 한 걸음에 오가며 마음을 다잡았다고 했습니다. 스승의 암자에서 함께 차를 나누며 이런저런 한담을 나누었지요. 황철 영감은 잠이 오면 수비산 은행나무 그늘 아래 자고, 그러다 울분이 터지면 숲으로 계곡의 물소리를 벗 삼아 목이 터지게 울었다고 했습니다.

그렇게 오 년여의 세월이 흐른 후에야 황철 영감은 다시 귀신과 괴물을 잡을 마음이 생겼습니다.

그 무렵 탁발승 스승이 세상을 뜬 일 역시 거기에 한몫을 했지요. 스승은 유언으로 황철 영감에게 조선의 큰 귀신 잡이로 이름을 남기라 하였습니다. 천한 귀신 잡이가 아니라 대접받는 귀신 잡이로 명예를 남기라 하였습니다.

황철 영감은 스승의 암자 뒤에 특별한 헛간 두 개를 짓고 이후 다시 조선의 유명한 귀신 잡이로 이름을 떨치기 시작했습니다. 하지만 어느덧 기력이 쇠한 후에는 제자 감돌에게 황철의 이름을 잠시 빌려주었습니다. 허나 그 감돌이 황철이 평생 지닌 이름을 훔치려 할 줄이야 영감님도 미처 몰랐겠죠.

나는 수비산 산길을 종일 걸었습니다. 해가 질 무렵이 되자 나 우팡이의 발걸음도 점점 무거워졌습니다.

"여기서 잠이 들면 안 되는데, 호랑이나 산짐승의 밥이 될지도 모르는데."

나는 겨우겨우 동굴 한곳을 찾아가 몸을 뉘었습니다. 잠깐 쉰다는 것이 까무룩 졸음이 쏟아졌습니다. 그때 으르르,

어둠 속에서 낮은 소리와 함께 갑자기 섬뜩한 안광이 보였습니다. 나는 이곳에 산짐승이 있는 게 아닌가 싶어 온몸이 긴장되었습니다. 비틀, 술에 취한 듯 걸음이 제대로 걸어지지 않았습니다.

'아, 진짜 거추장스러운 육체구나.'

거기다 머릿속이 어질어질하기까지 했습니다.

이어 호랑이처럼 뵈는 거대한 짐승이 가까이로 다가왔습니다. 그러더니 단숨에 내게 달려들었지요. 나는 이대로 끝이구나 싶어서 이를 악 물었습니다. 우팡이의 살점이 뜯겨나가도 내 혼령은 그대로 남아 있겠지요. 망나니 여신이 말한 우팡이가 한 번 더 죽는다는 게 이것인가 싶었습니다. 갑자기 서러움이 복받치고 눈물이 흘렀습니다. 비록 짧은 순간이었지만, 이 긴 팔다리와 날렵한 콧날, 맑은 눈을 지닌 노비 소년의 육체와 정이 들었던 것이었습니다.

'내가 이 몸을 잃는다면 어디 가서 또 다른 사체를 얻어야 하나?'

그렇게 복잡한 생각을 하는 사이 호랑이가 훌쩍 나를 통과해, 동굴 밖으로 사라졌지요.

잠시 얼이 빠졌던 나는 어느 순간인가 고개를 끄덕끄덕하고 있었습니다.

"아, 그렇구나. 저것은 수비산에 사는 호랑이의 혼령이구나.”

　나는 우팡이의 몸을 동굴에 넌 채로 빠져나왔습니다. 이번에는 두 발이 없어 점점 빠르게 달릴 수 있었습니다.

　다만 내가 노비 소녀의 혼령인지, 청년 노비의 혼령인지 헷갈리기 시작했습니다. 내 빌린 몸이 불쌍해 울었더니, 어느새 몸과 혼이 하나가 된 것 같았죠. 허나 내 혼이 계집이건 사내이건 무슨 상관? 나는 그저 황철 영감의 스승이었던 탁발승을 찾아 발걸음을 옮겼습니다.

　황철 영감의 스승은 한 가지 유언을 더 남겼습니다. 다른 승려들처럼 화장을 하지 말고 수비산 언덕에 천 년 묵은 은행나무 신목 아래 풍장을 해달라고 했습니다. 어느덧 황철의 스승이 묻은 은행나무 신목 아래에 이르렀습니다. 거대한 은행나무 신목은 바람이 불 때마다 푸른 은행잎을 흔들어댔습니다.

　그 은행나무 신목 옆에 작은 오두막이 있었습니다. 그 오두막 주변으로 말린 은행잎 태우는 냄새가 독하게 풍겨왔습니다. 그 냄새를 혼령인 저조차 느낄 수 있다니, 신묘한 은행잎인 것은 분명했지요.

　오두막 옆에 굴이 있었고 그 안이 가마였습니다. 이곳으로 떠나기 전 황철 영감이 내게 말했습니다. 그 가마터가 탁발승의 무덤이라고요.

탁발승의 사체는 풍장을 한 뒤 은행나무 신목의 영묘한 기운을 받았지요. 은행나무 신목의 은행잎은 괴물을 이 세상에서 사라지게 합니다. 하지만 땅 밑에 있는 신목의 뿌리 기운은 가끔 죽은 사람을 괴물로 만드는 힘을 지녔습니다.

탁발승은 그 기운을 받고 다시 태어났습니다. 성불한 것도 환생한 것도 아닙니다. 평생 수비산 은행나무 신목 주변에 사는 진흙투성이 괴물이 되었지요.

그 괴물의 이름이 땅거미라 했습니다. 낮에는 그늘진 축축한 진흙에 묻혀 있다가, 해가 지고 밤이 깊어지면 그늘 같은 검은 머리를 늘어뜨리며 다시 땅 밖으로 나오는 괴물이었습니다.

수비산에 들어와 길 잃은 나그네들은 땅거미를 보면 반해 버립니다. 하얀 피부가 백자 같고, 검고 긴 머리카락은 칠흑 같았습니다. 한쪽 눈만 감은 채 상대를 뚫어져라 쳐다보지요. 이 아름다운 땅거미와 마주친 나그네들은 넋을 잃었다가 공포에 벌벌 떨고 맙니다. 입에서 가끔 가래처럼 지네와 독거미를 내뱉어서 그런 것이 아닙니다. 감은 눈을 뜨면 한쪽 눈이 없어 끔찍하고 시커먼 구멍만 보여서도 아닙니다. 사악하게 아름다운 괴물이란, 쉽게 인간의 마음을 불태웁니다. 나그네는 인간의 마음과 의지가 발로 밟으면 부서지고 불붙이면 타버리는 낙엽처럼 하찮다는 것을 깨닫고서 떠는 것입니다. 그럼에도 땅거미에게 기어서라도 다가가지요. 그렇게 땅거미는 인간을 유혹해서 괴물로 만들어 버립니다.

땅거미는 탁발승이 인간과 신의 중재자였던 과거, 그 과거의 삶을 기억하고 있었습니다. 대신 탁발승의 진중한 목소리는 사라지고, 요염한 괴물의 목소리만 남아 있었습니다.

"내가 잡아 없애던 괴물, 그 괴물로 내가 살아. 하긴 수많은 괴물들을 살생했으니 어차피 열반에는 못 갔겠지? 그것도 살생은 살생이지, 이 세상에 하찮은 건 아무것도 없으니. 그 죄로 발바닥의 때 같은 하찮은 천 것이 되었지만."

땅거미는 진흙 때가 낀 길게 기른 손톱으로 검은 머리칼을 빗질하며 입을 가리고 웃었습니다.

침을 뱉으면 지네와 거미가 떨어졌지요. 손등으로 한쪽 눈을 닦으면 뺨으로 시커먼 곤죽이 흘러내렸습니다.

"총각, 그거 알아? 나는 살아생전에 인간과 괴물의 세상을 다 보고 살았어. 이 세상의 속살을 다 본 거지."

"스님은 제 모습이 보입니까?"

땅거미가 짙은 눈썹을 찡그렸습니다.

"스님은 무슨. 옛일은 빨래터의 땟국처럼 흘러갔다. 나를 그냥 괴물로 봐줘, 유혹하는 괴물로 봐줘, 탐스러운 괴물로 봐줘."

"제가 어떻게 보여요?"

"그냥 키 큰 총각. 멋없는."

나는 고개를 끄덕였습니다.

'그렇구나 내 혼은 노비 소녀가 아니라 우팡이의 몸을 닮아가는구나.'

"귀신 잡는 땡중으로 살 때는 고매한 척은 다했지. 뼛속까지 다 승려인 줄 알았지. 하지만 그건 그저 한 세상의 내 모습일 뿐, 다음 세상의 모습이 아니거든. 다음 세상을 누가 알아? 아무리 고매해도 과거의 삶이란 지금 삶의 뗏국인 것. 지금의 나는 달라, 영 다른 년이 되었지."

땅거미는 그래서 후회하지 않는다고 했습니다.

이번 생은 즐겁게 인간도 잡고 괴물도 잡는 괴물로 살아가는 거죠. 고매하게 산 업보로 다음 생을 더럽게 살게 됐으니. 그냥 그렇게 살기로 한 것. 하지만 탁발승이나 땅거미나 같은 일을 합니다. 귀신 잡이 탁발승일 때는 살아서 빙지를 만들었습니다. 지금은 땅거미로 살면서 빙지를 만들지요.

나는 땅거미가 빙지를 만드는 광경을 지켜보았습니다. 중국의 귀신 잡이들은 복숭아나무를 쓰지만 조선의 귀신 잡이는 은행나무 신목을 씁니다. 이 신목의 잎사귀와 나무껍질 등을 태운 재를 종이를 만들 때 뒤섞는 것이지요. 그리고 그 종이에 공력을 더하고, 수비산 계곡의 싸늘한 냉기를 담은 먹물로 얼음 빙 자를 쓰면 괴물이나 혼령을 잡는 빙지가 만들어지는 것입니다.

더구나 은행나무 신목으로 빙지만 만들 수 있는 것도 아니었습니다. 감돌이 서빙고에서 만난 선비들의 넋을 천도시킬 때 쓰던 향도 이 은행나무 가지와 잎사귀를 섞어서 만듭니다.뿐만 아니라 은행나무 신목 주변의 흙으로 도자기를 구우면 귀신을 가둬두는 작은 항아리로 쓸 수도 있습니다.

땅거미는 귀신 잡이 탁발승처럼 신이 나서 떠들었습니다.

"아이고, 내 정신 좀."

어느새 불가마에 들어간 은행잎과 은행나무껍질이 까맣게 타버렸습니다. 땅거미가 이 재를 냄비에 긁어 넣고는 빙지를 만드는 밀실로 들어갔습니다. 나는 그 과정을 훔쳐보고 싶었습니다. 땅거미의 꽁무니를 쫓아 밀실에 발을 딛고 싶었습니다.

"어딜 넘봐. 내 제자가 될 것이 아니면 따라올 생각일랑 애당초 그만두지?"

그러더니 땅거미는 후, 하고 무슨 흙먼지 같은 것을 내게 뿌렸습니다.

"어차피 저는 몸도 없는 혼령. 땅거미 같은 괴물의 제자는 될 수 없는 거 아닌가요?"

땅거미가 입을 가리고 웃었습니다.

"뭐야, 내가 천 것이라고 내 능력까지 하찮을까. 내 이래 봬도 전생에 귀신에 도가 튼 탁발승. 현생에도 여전히 그 일은 하고 있다고. 그러니 혼령에게 한밤에 움직이는 몸뚱이를 만들어주는 일 따위 뭐 그리 어렵겠어? 낮에만 돌아다니면 그게 총각인가 반푼이지, 밤에도 튼튼한 몸으로 힘을 써야 총각이지."

땅거미는 총총걸음으로 장작을 들고 빙지 작업장 안으로 사라졌습니다. 나는 서둘러 작업장으로 따라 들어가려 했죠.

허나 무슨 비책을 걸어놨는지 혼령인 내가 한 걸음도 움직일 수 없었습니다. 결국 몇 번을 버둥대다 에이, 바닥에 자빠져 버렸습니다.

"아, 지겹다. 이 인생."

다시 한번 생을 받았으나, 어차피 노비의 목숨이었습니다.

나는 겨우 움직일 수 있는 팔을 뻗어 나뭇가지를 집었습니다. 그러고서 흙에 그림을 그렸습니다. 나도 모르게 마차의 바퀴를 그렸습니다. 흙에 그린 흙 바퀴를 닮은 노비의 삶. 그렇다면 차라리 인간세계에 뚝 떨어져 나온 괴물로 사는 건 어떨까, 문득 그런 생각이 들었습니다. 하지만 나는 단순한 혼령. 머릿속이 복잡해지자 어느새 졸음이 왔습니다. 노비 소녀의 혼령일 때는 이런 졸음 같은 걸 느껴본 적 없는데.

"인간의 몸을 빌었더니 혼령도 졸음이 오나, 우스꽝스럽구나."

　나는 몸이라는 게 참 이상하다고 생각했습니다.

　몸이 혼을 바꾸고, 혼도 그럼 몸을 바꿔버리나……

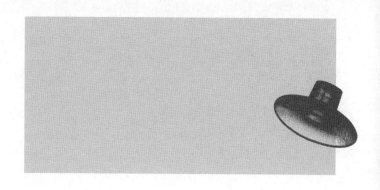

14 | 캄캄한 밤의 주인들

"생각 좀 했니?"

동굴에서 울리는 듯한 땅거미의 목소리에 퍼뜩 정신이 들었습니다.

"뭘 말이죠?"

나는 언제 졸았냐는 듯 벌떡 일어나 앉았습니다.

"나처럼 인간 아닌 괴물로 살아보고 싶다는 생각. 나 빙지를 만들 동안 생각 안 해봤어?"

"뭐, 지금 인간의 몸도 감지덕지죠. 굳이 괴물까지."

어떻게 내 생각을 읽었지?

하지만 괴물 앞에서 괴물로 살아보고 싶다는 생각을 한 걸 들키고 싶지 않았죠.

지금은 사체의 몸을 빌려 인간으로 살아가지만, 그래도 내가 너보다는 낫다는 마음이 있었으니까요. 그리고 인간은 서로 어울립니다. 미우나 고우나. 괴물은 늘 홀로 고독한 존재지만. 이왕 인간으로 태어난 이상 그렇게 살고 싶지는 않았습니다.

"괴물로 사는 건 외롭지 않아요?"

"외롭지만 항상 외롭지는 않아. 수비산에서 길을 잃는 인간들이 있거든. 그런 인간들을 노리개로 삼지. 인간은 이런 속에서 나 같은 괴물을 만나면 달라지니까."

"어떻게 달라져요?"

"괴물을 무서워하지만 동시에 궁금해 하지. 그 괴물의 속살에 대해. 같이 껴안고 구렁텅이로 빠지려고 하지."

땅거미는 괴물만이 아니라 그렇게 나타난 인간을 잡숫는다고 했습니다.

수비산에서 길을 잃은 나그네와 한밤의 인연을 맺는 것이지요. 나그네의 욕정이란 산속에서 비밀스럽고 이상하게 변합니다. 그곳에서 땅거미는 호기심에 가득한 욕정의 인간을 탐하고, 결국에는 인간의 몸에 흔적을 남깁니다.

"흔적이요?"

"그 인간들은 죽은 뒤에 나처럼 살아. 내 악령의 거미줄에 묶여 나의 후예가 되는 거야. 이제 몇 십 년 후에 조선의 밤에 땅거미들이 가득할 거야. 아름다운 땅거미에 물리면 인간의 생이 끝난 뒤 땅거미가 되어 밤마실을 나간단다. 물론 나처럼 괴물 잡는 땅거미는 한 마리지만. 내 새끼들은 사대문 안을 돌아다니며 사랑을 줄 인간을 찾겠지. 꼬리 아홉 달린 구미호 대신 땅거미가 인간의 마누라도 되고 신랑도 되는 거지. 그런 생각을 하면 너무 재밌는 거야."

"조선의 밤은 괴물이나 귀신들의 차지 같네요."

땅거미가 고개를 갸웃거렸습니다.

"총각, 그건 원래 그래. 괴물이나 귀신들은 캄캄한 밤의 주인이었지. 다만 그 밤을 인정하는지, 하지 않는지는 그 나라의 법도에 따라 다르지."

"이 나라는 우리 같은 귀신을 인정하지 않는 나라잖아요. 유교 경전에 적혀 있는 귀신은 조상신이 전부니까."

땅거미가 어깨를 들썩이며 기괴하게 소리 죽여 웃었습니다.

"언제 귀신들과 괴물들이 경전에 올라온 적이 있었던가?"

이어 땅거미는 내게 가까이 얼굴을 가져다 댔습니다.

한쪽 눈에서 쏟아지는 진흙과 또 한쪽 눈의 눈부신 눈동자. 기괴함과 아름다움이 교묘하게 뒤섞인 땅거미의 얼굴은 괴물이라기보다 이상한 날씨처럼 느껴지기도 했습니다.

여러 표정을 지을 때마다 그녀는 시시각각 알 수 없는 계절로 바뀝니다. 흐린지, 맑은지, 아름다운지, 섬뜩한지 도통 알 수 없습니다. 인간이라면 그런 알 수 없는 계절에 몸을 던지고 싶을지 모릅니다. 나와 같이 낮에만 사는 인간이 아니라 밤의 괴물의 시간에.

"내 총각한테만 알려 줄게. 이제 조선은 밤만이 아니라 한낮에도 괴물과 괴물, 귀신과 괴물, 인간과 괴물 사이의 대결이 펼쳐질 거야. 백륜이 혼자만 슬쩍 결계를 빠져나와 다시 인간 세계를 휘젓는다고 생각해? 조선의 땅에 가장 강한 악의 기운이 내려온 거야."

나는 황당한 표정으로 땅거미를 바라보았습니다.

"아니, 이 불가마에만 있는 괴물이 어떻게 그걸 알아요?"

땅거미는 손으로 계속해서 진흙이 흘러나오는 자신의 눈구멍을 가리켰습니다.

"빙지 만드는 재주꾼이 조선에서 괴물이 언제 어디서 날뛰는지 그 정도는 알고 있어야겠지?"

그때 마침 밤하늘을 가로질러 동그란 회색 뭉치 같은 것이 날아왔습니다. 돌은 아니었습니다. 기분 나쁜 썩은 감자떡처럼 생긴 것이었지요. 땅거미는 그것을 한쪽 눈에다 욱여넣었습니다. 그 회색이 꿈틀거리자 차가운 검은색이 드러났습니다.

"내 시시가 총각하고 구면이라 그러네."

"시시요?"

"내게 세상에 대해 다 들여다보고 들려주는 날아다니는 요 눈알의 이름이지."

그제야 나는 맨 처음 황철 영감의 헛간에 들어섰을 때의 일이 떠올랐습니다. 내가 도토리 표창을 훔쳤을 때 뭔가가 나를 엿보는 것 같았죠. 고개를 돌렸더니 쥐 같은 회색의 작은 동물이 재빠르게 장식장 틈으로 사라졌습니다. 그게 밤말을 듣는 쥐가 아니라 모든 말을 보고 듣는 땅거미의 눈알이었다니.

"내 시시에게 들은 바가 많거든."

심지어 시시는 내가 빙고선비들을 따라 태평을 만나러 갔을 때도 함께했다고 했습니다.

그 후에 땅거미는 내게 긴 이야기를 했습니다.

땅거미는 망나니 여신의 예언이 맞는 것 같다고 했습니다.

"부관참시 이후 저승에 묶여 있던 악기바리가 지상으로 올라왔겠지. 악기바리는 인간형이 아니니까 인간의 혼령처럼 말을 할 수도, 괴물들처럼 인간에게 덤벼들 수도 없어. 조선의 밤하늘에 악의 기운을 씨처럼 퍼뜨릴 뿐. 한을 품은 선비가 악의 감정이 폭발해 영노가 되도록. 또 어슬렁대는 게으른 달걀귀를 부추겨 탐욕으로 인간의 얼굴만 보면 뜯어먹고 싶어지도록. 그리고 결계를 들뜨게 하여 갇혀 있던 백륜이 다시 인간 세상에 튀어나오도록."

땅거미는 그렇게 말하고서 퉤. 입안에서 지네를 뱉었습니다.

"그 악기바리가 무엇을 원하는지 알 수 없어요? 복수를 원하나요? 아니면 조선의 밤에 혼돈을 불러오고 싶은 걸까요?"

"총각은 아직 인간의 혼령이야. 그래서 인간의 관점으로 그 기운을 보는 거지. 그러면 아무 의미 없이 그러는 것처럼 보일 수도 있어. 하지만 악기바리는 그냥 태생대로 악을 번창시키는 거야. 인간과 괴물, 양쪽을 모두 도구로 삼아."

땅거미가 물끄러미 나를 보았습니다.

"악에는 이유가 없어. 다만 인간을 꼭두각시로 내세우면 더 잔혹해지지. 인간은 악의 기운에 홀리면 더 잔혹하고, 더 악랄하게 많은 이들을 살육할 수 있어. 부관참시 후 조선의 밤으로 새어나온 악기바리가 누구에게 제일 먼저 달려들었을 것 같니?"

나의 몸은 세상 물정 모르는 젊은 노비 우팔이였습니다. 하지만 내 영혼은 10년 가까이 한양의 밤을 떠돌았습니다. 나는 밤마다 사대문 안 밤하늘을 돌아다니며 선비와 무관, 장사꾼과 노비들이 세상사에 대해 떠드는 말들을 들어왔지요. 궁궐 사정부터 속세의 구석까지 모르는 것이 없었습니다.

그중에서 가장 악독한 자가 누구였을까요? 왕궁의 사관들이 하는 이야기를 몰래 엿들은 적이 있었죠. 그들이 칭하는 가장 악한 자는 이 나라의 임금 중 하나였습니다.

"연산에게 붙었군요."

날이 갈수록 잔혹해지던 연산에게는 이유가 있던 것이었습니다.

"역시 10년 가까이 조선의 밤에 굴러먹은 혼령 다운 눈칫밥이네."

"그런 혼령답게 순진한 사내의 몸으로 살아가려고요."

"아, 동굴에 잠자고 있는……"

"잠시 후 새벽이니 이제는 다시 그 몸으로 돌아가겠네요."

"벌써 시간이 그리됐나."

땅거미는 눈동자도 없는 회색의 눈 시시로 나를 바라보았습니다.

"연산군에 깃든 악기바리는 꼭두각시 연산군이 죽자 떠났어. 이후에 또 그 기운은 다른 꼭두각시를 찾아 조선의 땅에 맴돌았을 거야. 그러다가 이번에는 인간이 아닌 괴물과 힘을 합친 게 틀림없어. 바로 인간의 마음이 전혀 없는 괴물이지."

"그 백륜? 영노에게 잡아먹힌?"

땅거미가 고개를 내저었습니다.

"백륜이 잠시 영노를 택했을 수도 있지. 백륜하고 영노가 만나 인간을 꼭두각시처럼 부리는 그런 괴물, 빙지를 갈기갈기 찢을 수 있는 괴물로 태어났는지도 몰라."

그 말을 듣자 문득 그런 생각이 들었습니다.

어쩌면 백륜 잡은 영노는 더 강한 영노가?

"황철 영감에게 전해. 내가 더는 인간 세상에 나가 귀신 잡는 일을 할 수는 없어. 괴물이 된 나는 중생을 구제하는 땡중이 아니야. 인간 세상은 내게 괴물과 인간이 놀아나는 요지경일 뿐이야. 하지만 괴물이 인간을 다 잡아먹으면 시시하잖아? 그러니 개똥벌레처럼 빙지와 다른 무구들을 만들어 둘 사이에 싸움을 붙일 뿐. 그러니 나를 귀찮게 하지 말아 달라고 전해줘."

황철 영감이 내게 이곳을 찾아가라 한 까닭은 사실 그것이었습니다.

이곳에서 그의 스승이 괴물로 변해 살고 있다고. 그 괴물에게 수비산 밖으로 나와 함께 영노와 백륜을 잡는 일을 도와달라고 청해 보라고. 하지만 나는 그런 생각이 들었습니다. 황철 영감은 땅거미가 그의 제안을 거절하리란 것도 알았을 거라고.

그렇다면 왜 나를 여기까지 보냈을까요?

"그렇다고 빈손으로 돌아갈 수는 없잖아요."

"악기바리를 뿌리 뽑기에는 너무 어려워. 뿌리를 뽑기 어렵다면 일단 새싹이 자라 악의 독초가 꽃을 피우기 전에 잘라내야지. 어차피 인간과 악의 기운 사이에 벌어지는 싸움에는 끝이 없으니까. 게다가 인간은 원래 악의 유혹에 쉽게 끌리기 마련이고. 인간은 본래 선한 짐승이 아니야. 선하게 길들여진 미련한 짐승들이거든. 유교 경전을 읽는다고 불경을 읽는다고 마음이 맑아지나? 아니야, 괴물 같은 마음에 잠시나마 비단 보자기를 씌우는 것에 불과하지. 그러니 땅거미 앞에 서면 욕정에 눈이 멀어 훌렁 옷을 집어던지지."

그러면서 땅거미는 키득키득 웃었습니다. 그 입안에서 지네와 독충들이 또 쏟아졌지요.

"총각도 택해."

"뭘 택해요?"

"괴물이 됐으니. 어떤 괴물로 살아갈지 택해야지."

무슨 잡소리? 아무리 사체의 몸을 빌려 살아도 낮에는 완벽한 인간으로 살아가는데.

허나 동굴로 돌아왔을 때, 나는 땅거미의 말이 무슨 뜻인지 알 수 있었습니다.

우팡이는 갈기갈기 찢어져 있었습니다. 넝마가 되어 있었습니다. 물론 겉보기에는 멀쩡했지요. 하지만 이 동굴에 들어왔을 때 보았던 호랑이의 넋이 들어와 호랑이처럼 변한 것이죠. 어깨와 팔뚝, 등짝, 배꼽, 허벅지 모두 호랑이 무늬가 들어와 있었습니다.

"내 몸, 이게 뭐지?"

그렇게 투덜거리는데, 등 뒤에서 으르렁대는 소리가 들려왔습니다.

맞습니다. 우팡이 안에 두 개의 혼이 들어왔습니다. 바로 나의 혼과 호랑이 괴물의 넋이지요.

사람을 물어뜯는 일에 가담할 것인가? 아니면 사람을 도와 악령이 깃든 괴물들을 물어뜯을 것인가? 그건 나도 잘 모르겠습니다. 생각에 잠기기 전에 수비산 밖으로 일단 나가야 했으니까요.

나는 우팡이의 몸으로 족자 밖으로 쑤욱 빠져나왔습니다.

어, 그런데 낯선 여기는 어디? 황철 영감의 집이 아니었습니다. 으스스한 창고 안이었습니다. 다만 이 창고의 으스스한 느낌! 거긴 내겐 너무나 익숙했지요. 나 역시 김생원의 어깨에 올라앉아 서빙고의 헛간 안에 들어왔었으니.

이른 새벽 서빙고의 낡은 헛간에 익숙한 사람들이 함께 했습니다. 순덕 아씨와 김생원, 황철 영감, 왈자 태평까지 있었지요. 수비산 산수화 족자는 헛간의 벽에 걸려 있었습니다.

"어찌하여 다들 여기 있는 겁니까?"

"정난정이 우리를 배신했다. 우리가 수를 쓰고 있다면서 나를 추포하려 했지."

정난정은 정경부인을 위협하고 사기 치는 역적의 무리를 처단하겠다며 황철 영감의 집에 군졸까지 보냈다 했습니다. 이미 백륜의 습격으로 다 허물어져가는 집에 군졸까지 들이닥치자 미련 없이 황철 영감은 족자 하나만 달랑 들고 줄행랑을 쳤습니다.

"만일 그때 내가 이태원 기생집에 볼일이 있어 들르지 않았다면, 영감은 곧바로 군졸한테 잡혀서 지금쯤 볼기짝이 다 찢겨나갔을 거요."

태평이 껄껄 웃었습니다.

황철 영감은 귀신이 나온다는 소문 때문에 버려진 서빙고의 창고로 급히 피신했습니다. 그리고 태평에게 밤이 깊어지면 빙고선비들을 데리고 이곳으로 와 달라 부탁했지요.

"내가 이렇게 영감을 구했으니, 다시 나를 모욕하지는 못하겠지."

"무시하다니. 그대의 재주가 아까웠을 뿐."

황철 영감과 태평의 대화를 듣는 동안 나는 잠시 딴생각을 했습니다.

'내가 수비산에 있는 동안 하루가 더 지났다?'

땅거미의 불가마 앞에서 잠시 졸았던 순간이 있었습니다. 그 순간에 하루가 끔뻑 지난 것이었지요.

'내가 우팡이의 몸으로 돌아가지 못하게 땅거미 잡년이 수를 썼군.'

그 틈새를 노려 호랑이의 혼이 우팡이를 지배했지요. 황철 영감은 나를 혼령에서 인간으로 만들었습니다. 그런데 한때 그의 스승이었던 땅거미는 나를 인간에서 괴물로 만들었습니다.

그렇습니다. 나는 원한이나 기이한 기운으로 만들어진 요물이 아닙니다. 귀신 잡는 인간들이 만들어낸 조선의 괴물이었습니다.

그렇기에 나는 다른 괴물들과 달랐습니다. 괴물보다 인간에 더 가까운 괴물이었지요. 그건 피곤한 일일 것입니다. 괴물이나 원귀는 그냥 꼴리는 대로 살아갑니다. 그런데 나는 인간에 더 가깝기에 잡스러운 고민이 많을 테지요.

기분 잡침, 완전 잡침, 퉁퉁 불은 잡채처럼 잡침.

"왜 그리 똥 씹은 표정을 하고 있어?"

황철 영감이 나를 쳐다보았습니다.

"머릿속이 복잡해서 그럽니다."

"왜 하루가 더 걸렸느냐. 땅거미와 무슨 일이 있던 게냐?"

"땅거미가 워낙 말이 많아서 말입니다. 그리고 악기바리의 기운 때문에 이제 조선에는 영노는 물론 다른 귀신이나 괴물도 들끓을 거랍니다. 방법은 싹을 자르는 수밖에 없대요. 더 번지기 전에. 완전히 막을 수는 없고."

황철 영감이 나를 빤히 쳐다보았습니다.

"뭐, 그거 말고 특별히 대단한 건 없었습니다."

괴물과 나는 이런 점이 또 달랐습니다.

괴물은 솔직합니다. 죽이고 싶은 건 죽여야 직성이 풀립니다. 하지만 인간과 닮은 괴물인 나는 상황에 따라 거짓말을 합니다. 황철 영감이 나 우팡이가 호랑이 괴물이 되었다는 사실을 알면 어찌 나올지 두려웠으니까요.

순덕 아씨가 걱정스러운 듯 물었습니다.

"영감님은 여기 빙고에 계속 계실 겁니까?"

"어디 옮길 곳을 찾아야 하지만 쉽지는 않을 것 같습니다."

"저희 집으로 모시고 싶지만 집이 누추하고 또 아버님께서 의아하게 여기실 듯해서."

그때 태평이 불쑥 나서 말했습니다.

"그러지 말고 목멱산 칠성각으로 갑시다. 거기 망나니 여신이 살고 있지만 귀신 잡이가 그런 걸 무서워해서는 안 되겠지."

"네, 잡신도 몇 번 잡았지만 망나니 여신이라면 함부로 할

대상은 아니지. 신세를 지고 조용히 머물다 돌아가겠소."

그때 가만히 생각에 잠겨 있던 김생원이 말문을 열었습니다.

"이제 영감님 은신처는 정해졌소만. 정난정이 가만있지 않을 텐데 어찌할 생각이신지요?"

"일단은 한숨 고르고 생각하려 하오. 치맛자락에 불이 붙으면 그때는 우리를 찾겠지. 다들 일단은 돌아가 보시오."

"하지만……"

김생원이 아쉬운 눈빛으로 황철 영감을 바라보았습니다.

"이보시오 김생원, 늦지 않으려면 빨리 출근 준비를 서둘러야 하지 않소."

"아, 그렇지. 그럼 오늘 집으로 돌아가는 대신 목멱산에 들르겠습니다."

그렇게 말하고서 김생원은 서둘러 빙고 밖으로 나갔습니다.

김생원이 떠난 후에 순덕 아씨가 태평에게 나직이 물었습니다.

"이보시오, 이제 마음을 정하였습니까?"

"나보고 귀신 잡는 빙고선비가 되라? 흠, 아직 오른손은 남아 있으니 빙고선비들과 손을 잡을 수야 있겠군."

그러자 순덕 아씨가 덥석 태평의 손을 잡았습니다.

"아이고, 양반 댁 아가씨가 망나니를 사람으로 안 보니 사내 손을 덥석 잡고 그러네."

"양반이라서 함부로 대한 것이 아닙니다. 제가 무슨 양반입니까. 저는 조선에서 귀신이나 다름없는 팔자인 것을. 그저 힘을 합쳤으니, 그 약조를 위해 손을 잡은 것입니다. 제가 무례를 범한 것이라면……"

"뭐, 망나니 여신이 깃들었던 그 손을 잡으니 감격스럽군요. 앞으로 아씨의 뒤를 따르겠습니다."

그렇게 말하고서 태평은 고개를 숙였습니다.

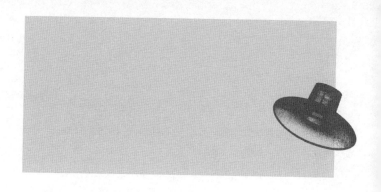

15 | 나는 더 이상 노비가 아니오

그날 나는 황철 영감과 함께 목멱산 칠성각으로 향했습니다. 종일 빙고에 숨어 있다가 해가 뉘엿뉘엿 질 때쯤에야 길을 떠났지요.

목멱산에 오를 때까지 우리는 별말을 하지 않았습니다. 나는 이상하게 종일 말문이 잘 터지지 않았습니다. 입안에 진실을 숨기고 있어 입을 여는 순간 모든 말이 줄줄 새어 나올 것 같아서였죠. 아무래도 태생이 수다쟁이라 내가 호랑이 괴물이란 사실을 숨기는 게 참 쉽지 않았습니다.

목멱산 자락을 오르다가 힘이 드는지 황철 영감이 잠시 걸음을 멈추었습니다. 노을에 물든 하늘이 점점 어둑어둑 변해가는 시간이었습니다.

"그 수비산이 꽤 신령한 산인가 보더라고요."

결국 어색한 침묵을 견디지 못한 내가 먼저 입을 뗐습니다.

"신령한 산이 꼭 수비산만 있는 건 아니란다. 신령한 산도 여럿이 있고, 아무도 모르는 신령한 장소가 유명한 산에 숨어 있기도 하지."

"숨어 있다고요?"

"그렇지. 너 백두산 천지를 알고 있니?"

"들어는 봤죠. 가보지는 못했지만."

"아침 해가 뜰 때 백두산 천지에서 소리를 지르면 저승까지 그 소리가 들린다 한다. 물론 나도 저승에 가본 적이 없으니 그게 진짜인지 거짓인지는 모르겠다만."

그러면서 황철 영감은 씨익 웃었습니다.

"땅거미를 만나보니 어떻더냐?"

"저보다야 영감님이 잘 아시겠죠. 한때 모셨던 스승 아닙니까?"

"내 스승은 이미 이승에서 사라졌다."

"그렇더라도 지금도 귀신 잡는 우리를 돕고 있잖아요?"

"그래서 더 두렵다, 우팡아. 그는 빙지를 만들고, 귀신과 괴물들을 잘 안다. 심지어 미래를 볼 수 있는 지혜까지 지니고 있다. 하지만 인간을 돕던 자비로운 탁발승이 아니다. 지금은 요사스러운 괴물이다. 그를 믿지 말아야 하고, 의심해야 한다."

황철 영감은 그렇게 말하고서 앞서 걸어갔습니다.

"게다가 나는 한때 스승이었던 그 괴물에게 계속 믿음이 가지. 실은 그게 제일 두려워. 잊지 말아라. 괴물은 인간이 이용하고 무찌르는 존재지, 인간이 믿고 따르는 존재가 아니다. 지금은 우리 편이지만 먼 훗날에 우릴 배신할지도 모른다. 그게 설령 과거 나의 옛 스승이었다 하더라도."

나는 묵묵히 그 뒤를 따라가면서 언제쯤 그 말을 할까 고심했습니다.

'당신의 스승이었던 그 괴물이 나도 괴물로 만들었네요. 그러니 나는 더 이상 영감의 노비가 아니지요. 당신도 인간이니 괴물이 된 나를 이용하려 하겠네? 하긴 어차피 처음부터 혼령을 이용해서 나를 만들었지.'

그때 황철 영감이 고개를 돌렸습니다.

"어디서 살쾡이 냄새가 나는구나."

"아마, 제 몸에서 나는 것이겠지요."

내 몸을 뒤흔드는 강렬한 기운이 밀려왔습니다. 심장이 쿵쿵거렸습니다. 깊은 우물 속에 있던 텅 빈 두레박이 스스로 물을 채워 하늘로 높게 치솟는 기분이었습니다. 나는 결국 참지 못하고 나무 꼭대기로 단번에 뛰어올라갔습니다. 나는 재빠르게 목멱산의 나뭇가지를 옮겨 뛰어다니며 돌아다녔습니다. 가슴이 뻥 뚫리는 것 같았습니다. 눈앞에 수많은 은행나무 신목의 은행잎이 휘몰아치듯 날아오는 환영을 보았습니다. 혼령일 때도, 인간일 때도 느끼지 못한 짜릿함이었습니다. 그런데 괴물이 되어 그걸 느끼고 말았지요.

"우팡아, 괴물이 되었느냐?"

"허허, 지금 보니 괴물이 맞네요! 인간의 몸을 가지고 혼령 시절처럼 자유롭게 움직일 수 있으니."

"우팡아, 너에게는 꼬리가 있구나."

나는 슥 엉덩이 쪽을 돌아보았습니다. 하지만 꼬리는 보이지 않았지요.

"무슨 소리? 꼬리 따위가 어디 있어요?"

"사람도 원래 꼬리가 있었느니라. 그렇기에 등뼈 밑에 꼬리의 흔적이 있지. 그 꼬리에서 괴물의 꼬리가 자란 것이다. 그러니 너는 괴물이지만, 동시에 아직 사람이기도 하다. 우팡아, 너는 지금껏 이 땅에 한 번도 나타난 적 없었던 특별한 존재이니라. 그러니 부디 그 힘을 헛되이 쓰지 말거라. 아직 남은 사람의 혼을 괴물에게 잡아먹히지 말고, 사람으로서 지혜롭게 괴물의 힘을 써라. 내가 너를 거둬줄 시간이 많지 않으니 스스로 배워야만 한다."

꼬리가 있다고? 무슨 헛소리.

허나 복잡한 머릿속이 조금 개운해지기는 했습니다. 내가 이 세상에 한 번도 나타난 적 없는 특별한 존재라고 합니다. 뭔가 흐뭇했죠. 나는 엉덩이를 힘껏 흔들었죠. 눈에 보이지 않는 꼬리를 흔들듯이.

"좋습니다, 영감. 그럼 난 이제 노비도 아닌 거죠?"

"물론 넌 이제 노비가 아니다. 하지만 더는 황철이란 이름을 받을 수는 없지."

나는 홧김에 나뭇가지를 뚝 꺾어 손에 쥐고 황철 영감에게 다가갔습니다.

"왜요? 황철이 노비나 소박맞은 여인이라도 상관없다면 황철이 괴물이라도 상관이 없는 것 아닙니까?"

으르렁대는 고함 한 번에 내 몸이 엄청나게 커진 것을 느꼈습니다. 심지어 내가 손에 쥔 나뭇가지까지 커다란 몽둥이로 변했지요. 내가 손에 쥔 것은 나와 함께 부풀어 오르는 모양이었습니다.

"영감님 꿀 먹은 벙어리 같네. 이 커다란 괴물에 겁이 나나 보죠?"

이 몽둥이 한 방이면 황철 영감의 대갈통이 그대로 깨질 것이 분명합니다. 하지만 내 몸은 움직일 수 없었습니다. 빙지가 붙은 것도 아니었습니다. 그런데 이상하게 한 걸음도 움직일 수 없었지요. 내려다보니 황철 영감이 손바닥 하나로

온 공력을 다해 내 몸을 막고 있었습니다.

"이게 내가 기나긴 수련으로 지닌 특별한 힘이다. 맨손으로 괴물을 막을 수 있지. 다만 그럴 때마다 1년의 수명이 줄어든다. 이제 1년이 줄었으니, 내게 남은 생이 채 1년이 되지 않겠군."

나는 버둥대다가 결국 움직이는 것을 포기하고 몽둥이를 내던졌죠. 커다란 몽둥이는 내 손을 떠나자 점점 작아져 결국에는 흔한 부러진 나뭇가지로 산기슭에 떨어졌습니다.

"왜 백륜이 나타났을 때 이 비법을 쓰지 않았습니까?"

"거기에 내 1년의 목숨을 걸기에는 아까웠으니까. 하지만 지금은 아깝지 아니하다. 괴물도 인간도 아닌 거인 괴물. 하지만 조선의 힘이 될 우꽝이를 위해 이 비법을 탕진했다. 그러니 여한이 없느니라."

황철 영감은 태연한 목소리로 다음 말을 이어갔습니다.

"여기서 조금만 더 버티면 너를 산산이 부술 수도 있다."

나는 다시 혼령으로 돌아가고 싶지는 않았습니다. 인간도 괴물도 내 선택은 아니었지만, 나의 세상이 싫지는 않았습니다. 황철 영감이 내게서 손을 뗐습니다. 나 역시 마음이 평탄하게 가라앉자 본래의 몸집으로 돌아왔지요.

"내가 원하는 건 하나. 노비에서 벗어나는 거라고요."

"내가 다음의 황철에게 이름만을 줄 것 같으냐. 바로 내 모든 기운이 담긴 혼술을 넘길 것이다. 내 혼술을 목으로 넘긴 자는 나의 영민함을 육과 혼에 새길 수 있다."

황철 영감은 나를 바라보았습니다.

"네가 내 혼술을 마신다면 네 몸은 안에서부터 갈가리 찢어질 것이다. 너의 본질은 인간이지만, 동시에 괴물이니까. 네 안에서 일어난 혼술의 소용돌이가 네 오장 육부를 다 망가뜨릴 거란 말이다."

나는 잠시 생각에 잠겼다가 고개를 끄덕였습니다.

"황철아, 네가 던진 나뭇가지를 보아라. 너는 저것을 커다란 몽둥이로 만들 수 있다. 하지만 저 나무의 본질은 힘없는 부러진 가지다. 그 부러진 가지를 기억하여야 한다. 네가 가진 힘에 거만해서는 아니 된다."

나는 영감의 잔소리에 손을 내저었습니다.

"알았어요, 알았다고요. 내가 원하는 건 하나입니다. 내노비 문서는 없애줄 거요? 괴물로는 살아도 노비로는 더 이상 못 살겠네요."

"이번 일을 성공시킨다면 그렇게 해주마."

"아니, 무슨 조건이 그렇게 많습니까?"

"네가 백륜을 다시 잡아야 한다. 그러면 너의 노비 문서를 영영 없애주마."

나는 그때 내 옆을 스쳐 지나가는 작은 쥐새끼 같은 둥근 것을 본 것도 같습니다. 바로 땅거미의 눈알, 시시. 시시 또한 여기까지 빠져나와 나와 황철 영감의 일거수일투족을 지켜보고 있었습니다.

저놈이 또 우리를 감시하기 위해서일까요?

"아니, 저 검은 연기가 무엇이냐?"

나는 시시가 재빠르게 검은 연기 쪽을 향해 날아가는 것을 보았습니다. 땅거미의 눈알 시시는 우리가 아니라 저 불을 지른 이가 누구인지 알아보기 위해 수비산 밖으로 나온 것이었습니다. 괴물이 괴물의 냄새를 맡고 달려간 것이지요.

사람이면 가까이 볼 수 없을 텐데, 마음을 먹자 그것이 또렷하게 보였습니다. 천리안의 능력이 생겨 눈이 밝아진 것은 아니었습니다. 재빠르게 사대문 안으로 돌아갔다가 한순간에 칠성각 앞으로 돌아온 것 같은 기분이었습니다.

"종루 시전에 불이 났네요. 아마 백륜의 짓이겠죠."

"내 예상대로다. 화의 기운을 가진 붉은 영노와 날카로운 바람의 기운을 지닌 백륜이 만났다. 그러니 불바람이 부는 것이지."

"백륜이 불타는 적륜이 됐다 이겁니까?"

나는 땅거미에게 들었던 말이 생각났습니다.

백륜과 영노가 만나 인간을 꼭두각시처럼 부리는 괴물로 태어날 수도 있다고.

그날 밤 순덕 아씨, 김생원, 태평 세 명의 빙고선비들이 다시 칠성각에 모였습니다. 김생원과 태평은 이미 사대문 안 시전에서 벌어진 불길에 대해 소문을 듣고 왔습니다. 먼저 태평이 어떤 화재였는지 설명했습니다.

"종루에서 남대문까지 시전에 불길이 번졌다네. 마침 해가 질 무렵이라 상인들도 다 빠져나갈 때여서 죽은 사람은 없었지. 시전의 절반 이상이 불에 탔으니 피해가 막심하겠더군."

이어 김생원이 오늘 한성부에도 소문이 쫙 돌았다며 어떻게 불을 껐는지 소상히 고하였습니다. 그의 말을 요약하면 이러했습니다.

종루 시전에 불이 나자 한성부 오부의 화재를 담당하는 수성금화사에서 금화군이 출동했습니다. 또 불을 끄는 업무를 맡은 멸화군도 달려왔죠. 다들 급수통으로 물을 나르고, 물에 젖은 커다란 부채인 멸화자를 집어넣어 불길을 잡았습니다. 또 불길이 번지지 않게 도끼를 휘둘러 불이 옮겨붙지 않은 시전의 방들을 모두 때려 부수었습니다. 재빠른 대처 덕에 다행히 불은 크게 번지지는 않았습니다. 또한 이미 상인들이 모두 철수한 후라 인명피해는 고작 단 한 사람뿐이었습니다.

"그게 어쩌다 불이 난 것이오?"

황철 영감이 물었습니다.

"관아에서 떠도는 소문으로는 누군가 불을 지르는 걸 본 사람은 없다고 합니다. 하지만 시전 앞에 유일하게 죽은 시체가 하나 있는데. 그 얼굴이 구미호와 닮았다고 합디다."

김생원이 말했습니다. 그리고 나지막하게 덧붙였습니다.

"내 생각에는……"

"감돌인가요?"

순덕 아씨의 말에, 김생원이 고개를 끄덕였습니다.

"직접 얼굴을 보지도 않았잖은가?"

"황철 영감, 사실 불을 지른 사람은 본 적 없지만 불길을 본 시전 상인들이 많습니다."

"불길이야 당연히 봤겠죠. 시전이 활활 탔는데."

이번에는 내가 투덜거렸습니다.

김생원은 힐끔 나를 보았습니다. 그는 나를 어찌 대해야 할지 모르는 게 분명했습니다. 아직 노비의 신분이지만, 평범한 노비는 아닌 함께 귀신을 잡아야 하는 존재. 그렇게 생각하는 것이겠지요.

"우팡아, 소용돌이. 우리가 본 소용돌이가 있었다."

그러면서 김생원은 손가락으로 허공에 빙빙 도는 백륜을 그렸습니다. 아니, 그것이 황철 영감의 예상대로 불같은 바람이라면 백륜이 아니라 적륜일 것입니다.

"지금 시전 상인들과 사대문의 서민들 사이에서 소문이 돌고 있네. 시전을 불태운 붉은 소용돌이가 사대문의 하늘을 떠돌고 있는 걸 본 사람이 있다고. 안쪽이 움푹 패여 불타는 놋대야처럼 생겼다고 하더군. 그게 점점 커졌다가 또 작아졌다가 이런다는 거야. 한두 사람이 본 게 아니라 소문이 빨리 퍼지고 있네. 이미 궁에까지 소문이 들어갔을걸."

황철 영감은 고개를 끄덕였습니다.

"알았습니다."

"뭘 알았다는 건데요? 우리가 나서서 잡자, 이겁니까?"

황철 영감이 빙고선비들과 나를 한 번씩 훑어보았습니다.

"일단 엉킨 매듭부터 풀어야 할 듯합니다. 우팡아, 오늘 밤 나와 윤원형의 집에 단둘이 가자."

"아니, 정난정과 직접 담판을 지으시게요?"

나는 잘은 모르겠지만 황철 영감도 늙은 여우인지라 뭔가 비책이 있을 거라 생각했습니다.

"다른 빙고선비들은 이곳 칠성각에서 기다리며 내가 돌아오기를 기다리시오. 내가 생각이 있지만, 다들 머리를 맞대고 어떻게 적류을 잡을 것인지 고민해 보시오."

내가 칠성각을 나서려 할 때, 순덕 아씨가 잠시 내게 가까이 다가왔습니다.

"우팡아, 그런데 이상하구나."

"네?"

"지금쯤 너는 잠들어 있고. 혼령만이 떠돌아다녀야 하는 거 아니니?"

나는 씨익 미소를 지었습니다.

"아씨, 저는 이제 노비가 아닙니다. 그렇다고 황철 영감이 될 수도 없죠. 그저 괴물의 운명으로 살아가기로 했습니다."

순덕 아씨는 잠시 할 말을 잃은 듯 보였습니다.

"걱정 마십시오. 아씨의 매듭에 붙잡히는 괴물이 되지는 않을 것입니다."

그러고서 나는 서둘러 칠성각 밖으로 나갔습니다.

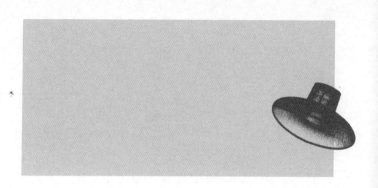

16 | 불속으로 뛰어든 호랑이 괴물

우리가 윤원형의 집에 찾아갔을 때 정경부인 정난정은 놀라지 않았습니다. 그녀의 서슬 퍼런 기세에 저도 잠시 기가 죽었지요. 정난정은 우리와 대화를 하는 대신 호위병들을 불러들였지요. 귀신이 아닌 귀신 잡이 따위, 호위병으로도 끝장낼 수 있으리라 생각한 듯했습니다.

나는 황철 영감이 부탁하기도 전에 호오오, 몸을 커다랗게 불렸습니다. 갑자기 우팡이의 몸이 커지면서, 그 안의 영혼인 나는 호랑이에 올라탄 것처럼 신이 났습니다. 지붕의 기왓장쯤은 주먹으로 내리치며 그대로 날려버릴 수 있을 것 같았지요.

그 모습을 보고 두 눈이 동그래진 정난정이 드디어 말문을 열었습니다.

"잠깐, 어디 뉘 앞에서, 하찮은 귀신 잡이들이 중전마마의 총애를 받는 정경부인의 집에서 이리 행패를 부리는 건가?"

정난정이 서슬퍼런 눈으로 우리를 바라보았습니다. 물론 그 순간에도 윤원형은 기생집에서 술에 취해 있느라 집안에서 무슨 일이 일어나는지 알지도 못했지요.

"제가 감히 정경부인께 위해를 가할 수 있겠습니까? 다만 제 말을 들어주시지 않으려 하시기에. 목청을 좀 높이기 위해. 제 자식 놈을 데려왔을 뿐이지요."

"아니, 그 집 아들은 괴물이란 말이냐?"

"제 친 아들은 아니고 양아들인데, 아니 양딸인데, 뭐 상관없이 어쨌든 제 자식인데, 이 놈이 애비가 위험에 처한 것을 알고서 이렇게 목소리를 높이지 뭡니까?"

"천한 것이 천한 것을 주워다가 길렀군."

"그 천한 것이 마음만 먹으면 정경부인의 기와집을 잿더미로 만들 수 있지요."

정난정이 입술을 잘근거리다가 다시 황철 영감을 바라보았습니다.

"원하는 게 뭔가?"

"정경부인과 같습니다. 이 나라의 안위와 평화지요."

정난정이 고개를 끄덕이고 호위병을 물리자. 황철 영감

도 찡긋 나에게 눈짓을 주었습니다.

나는 다시 숨을 들이마셔 우팡이로 돌아왔지요.

"어제 제가 경고하였지요. 조선의 밤에 무서운 일이 벌어질지도 모른다고."

"그래서 하찮은 귀신 잡이가 귀신과 괴물들을 불러 모아 불을 질렀는가?"

황철 영감은 잠시 입을 다물었습니다. 그러더니 노기 띤 얼굴로 정난정을 바라보았습니다.

"저는 평생 귀신 잡이로 양반이건 평민이건 노비건 가리지 않고 그들을 도왔습니다. 그런 제가 어찌 조선의 삶의 터전인 시전에 불을 질러 사람들을 고통에 빠지게 했겠습니까? 저를 그런 간교한 사람으로 몰지 마시옵고, 함께 일을 도모하시지요."

정난정은 우리 둘을 흘겨보더니 안으로 들어오라고 손짓을 하였습니다.

일렁이는 촛불 아래 왕권을 뒤흔드는 여인과 귀신 잡이가 마주 앉아 밀담을 나누었습니다.

"그러니까 영감의 말은, 그 화재를 일으킨 괴물이, 궁궐을 넘볼 것이라, 이건가?"

"제 생각은 그렇습니다. 부관참시 후 세상에 나온 악기바리가 가장 먼저 찾아간 것이 연산이었습니다. 악기바리는 인간과는 다르나 본능적으로 인간의 탐욕과 가장 쉽게 결합합니다. 그렇다면 그 악기바리가 찾아갈 다음 사람은 누구일까요?"

그러면서 황철 영감은 미소를 지었습니다.

"감히 네가 나를 겁박하고 능멸하는 것이냐?"

"무슨 말씀이신지…… 조선의 가장 빛나는 보배를 끼고 사는 사내야말로 탐욕스러운 자가 아닙니까. 자칫 윤원형 영감이 위험할 거라 말하려고 하였습니다만."

정난정이 어이없다는 듯 콧방귀를 뀌었습니다.

"어쨌든 계속해서 큰불이 일어나면 민심이 어찌 될지 알 수 없습니다. 원래 사대문 안은 화기가 넘치는 곳. 언젠가 큰불이 일어날 위험이 있다 하였지요. 그리하여 정도전이 불을 억누르는 뜻으로 숭례문이라 이름 짓고, 현판을 세로로 단 것 아니겠습니까? 그런데 화기가 사대문 안 시전에 불을 일으키고, 게다가 양반을 잡아먹는 영노가 창궐한다? 무슨 말이 나올까요? 조선의 권력을 쥔 사대부가 어떤 이들입니까? 그들이야말로 기이한 일을 빌미 삼아 자기 입맛대로 궁을 휘두르려는 이들 아닙니까. 그러니 헛소문이 들불처럼 일어나 왕권을 위협하기 전에, 서둘러 이 불을 끄시지요."

황철 영감과 정난정이 서로를 빤히 바라보았습니다. 웃는 건 황철이요, 부르르 분노하는 자는 정난정이었습니다.

"원하는 게 무엇이냐? 재물이냐 권력이냐?"

"천한 귀신 잡이도 분수는 압니다. 다만 조선의 밤이 위태로울 때, 궁궐의 권력자에게 밀지를 넣을 창구를 마련해 주신다면 그 은혜 잊지 않겠습니다."

정난정은 고개를 끄덕였습니다.

"또 하나."

"또 무엇이냐?"

"밤에는 순라꾼들이 우리를 심문할 수 없도록 특별한 밀지를 내려주시면 감사하겠습니다. 일을 쉽게 할 수 있도록. 일단 오늘 밤 당장. 이경이 지나고 삼경이 오면 우리가 활동하려 합니다. 조선의 밤을 뒤흔드는 불귀신을 잡아드리지요."

정난정은 입가에 야릇한 미소를 지었습니다.

"지난번과 달리 기세가 등등하구나. 좋다, 내 한 번 믿어 볼 것이네. 하지만 만일 실패한다면……"

"우리 스스로가 혀를 인두로 지져 진실을 알리는 데 실패한 혀를 벌하겠습니다."

"아니다. 괴물 아들을 시켜,.그 혀를 잘라서 내게 보내야 하지. 아니다. 내가 직접 너를 찾아가 나를 능멸한 요망한 영감의 혀를 이 은장도로 잘라낼 것이다."

"그럼, 다음에도 이 요망한 혀를 놀리기 위해서라도 꼭 불을 지른 괴물을 잡겠습니다. 그럼 이만."

황철 영감이 끙 소리를 내고 일어서서 나가려다 다시 정난정을 바라보았습니다.

"잠깐, 그 시전 화재에서 발견된 사체는 어디에 있습니까?"

황철 영감이 안채 밖으로 나서기 전에 물었습니다.

"사체를 심문하겠느냐. 어쩌겠느냐. 그냥 시전 바닥에 두고 거적으로 덮어두었다."

윤원형의 집에서 나온 후에 나는 황철 영감에게 물었습니다.

그렇게 인간 구미호들의 밀담은 끝났습니다. 도대체 황철 영감의 그 자신감이 어디서 오는 것인지는 알 수 없었지만 말입니다.

"아니, 무슨 자신감으로 백륜과 영노가 하나가 된 적륜을 잡는다고 했습니까. 뭐, 특별한 수라도 있소."

"특별한 수가 있겠느냐. 내가 칠성각에 가면 마련해뒀겠지. 나는 이미 훌륭한 귀신 잡는 빙고선비들을 모아두었다. 한성부에서 일하는 말단 관리지만 괴물도 때려잡을 수 있는 장사가 하나, 소박맞은 아낙이지만 조선 최고의 영매가 하나, 외팔이지만 귀신 잡는 전문가가 하나. 이러니 걱정할 게 뭐가 있겠느냐. 달리시오, 빙고선비! 한 마디만 외치만 되는 것을."

황철 영감은 걸음을 옮기려다 뒤돌아보았습니다.

"너는 나를 따라오지 말고, 이 길로 빨리 시전에 가보아라. 그곳에서 거적 밑 사체가 감돌인지 아닌지 알아보거라."

"나는 영감님의 노비가 아닙니다. 이래라저래라 하지 마십시오."

"우광아, 네가 노비라서가 아니다. 나와 함께 일하는 벗이기에 부탁하는 것이다."

그러고서 황철 영감은 내 손을 꼭 잡아주었습니다. 인간이 가장 친밀한 인간을 대하듯이요. 황철 영감은 영리한 노구였습니다. 주름진 손의 따스함에 그동안 황철 영감에게 쌓인 원망이 사르르 녹다니.

사대문에서 제일 번화한 종루의 시전은 말이 아니었습니다. 곳곳이 불에 타 사라졌고, 불에 타지 않은 곳도 모두 도끼로 부숴놓았습니다. 아마 내일부터는 사대문 밖 강을 따라 이어진 강경의 난전이 상인들과 손님들로 난리가 날 것입니다. 사대문 안의 시전에 장이 서려면 한 달은 걸려야 할 테니까요.

'왜 궁에서는 난전의 상인들을 의심하지 않나 모르겠군.'

그제야 문득 적률이 떠올랐습니다.

종로거리에서 적률을 본 사람이 너무나 많기에 궁에까지

소문이 들어갔을 것입니다. 궁의 사람들은 무서워하는 것이 많습니다. 잃을 것이 많아서이기도 하지만 갇혀 살기 때문입니다. 갇혀 있는 사람들은 자유로운 영혼과 달리 늘 숨이 막힙니다. 그렇기에 그들은 궁 밖에 백성들을 두려워합니다. 그래서 어리석은 군주들은 백성의 고혈까지 짜려 하지요. 그래야 백성들이 지쳐 쓰러져 봉기하지 않으니까요.

허나 백성과 다르게 괴물과 귀신은 지배할 수 없습니다. 그렇기에 인간 세상에 살지 아니하는 것은 보려 하지 않지요. 허나 이렇게 적륜처럼 괴물이 하나 나타나면, 조선의 궁에서는 기겁을 하며 우리 같은 귀신 잡이를 찾는 것입니다.

나는 시전의 밤거리를 걸었습니다. 매캐한 재의 냄새에 가려졌지만 어딘가에서 사람의 살 썩는 냄새가 솔솔 풍겼습니다. 나는 그곳을 향해 조심스레 다가갔습니다. 그곳에 바로 한때 황철 영감의 오른팔이었던 감돌의 사체가 있을 것입니다. 하지만 내가 그 냄새를 찾아갔을 때, 어둠 속에서 들려온 것은 키키키키, 거리는 음산한 웃음소리였습니다.

나는 김생원의 어깨에 살던 혼령이었습니다. 당연히 그 웃음이 누구의 것인지 잘 알았지요.

"그렇다면…… 당신도 양반이었던 겁니까? 원한을 품고 선비가 죽으면 한낱 원숭이처럼 웃는 괴물 영노로 변하는?"

내 앞에 감돌, 아니 방금 전까지 감돌의 사체였던 영노가 서서히 다가왔습니다.

"나의 할아버지가 억울하게 연산의 손에 사지를 찢겼다. 그 후, 우리 집안은 양반에서 노비로 몰락했지. 조선 팔도 누구도 내가 양반의 핏줄인 것을 모르는데, 영노만이 내가 양반의 핏줄인 걸 알아보더구나. 그러니 내 기꺼이 양반을 잡아먹는 영노의 운명을 받아들였다."

"하지만 맨 처음 내가 김생원의 어깨에 올라타 당신과 영노를 만나는 걸 보았을 때는……"

"그래, 진심으로 위험했지 뭐야. 그때 김생원이 오지 않았으면 내가 잡아먹혔을 테니까."

우리 둘은 서로 대치하였습니다.

나는 그제야 영노의 얼굴도 조금씩 다르다는 것을 깨달았습니다. 원숭이의 얼굴에 부리가 새처럼 삐죽하고, 머리에 뿔이 돋은 것은 같지요. 하지만 눈빛과 표정을 보니 살아생전의 그 사람이 읽혔습니다. 한 대 쥐어박고 싶은 얄미운 표정의 얼굴. 칼을 입에 문 사악한 미소가 딱 감돌이었죠.

"당신도 적륜에게 잡아먹힌 것 아닙니까?"

"적륜? 아, 백륜이 불의 소용돌이가 되었다고 적륜이라 부르나 보군. 나는 그렇게 부르지 않네. 나는 그를 봉우라고 부르지. 내가 이렇게 휘파람을 불면."

한때는 빙고선비였던 감돌이 휘파람을 불자, 밤하늘에

달이 하나 또 뜬 것처럼 환해졌습니다. 심지어 그 달은 태양처럼 뜨거웠지요. 빙글빙글 도는 불의 소용돌이가 일자 동시에 영노의 불쾌한 끼끼끼끼, 웃음소리가 들려왔습니다. 그 소리에 맞춰 영노가 된 감돌이 빙지 몇 장을 적륜의 불로 불태웠습니다.

빙지가 불타자 새로운 영노들이 나타나 끼끼끼끼, 웃기 시작했습니다. 감돌이 적륜의 불로 영노를 가둔 빙지를 풀어헤친 것입니다.

불길한 힘이 서로 손을 맞잡아 불꽃을 이뤘습니다. 영노들은 빙그르르 나를 감싸며 불괴물 영노로 부활했습니다. 영노가 짝짝, 손뼉을 치자 다른 영노들도 짝짝 손뼉을 치며 내 곁으로 다가왔습니다. 녀석들은 이글이글 불타는 장작 같은 괴물이었습니다.

어디선가 적륜의 불바람이 불자 다시 시전에 불이 치솟았습니다. 온 사방에 불길에 휩싸였지요. 아마 저 불길이 내 몸에 닿는다면 우팡이의 몸은 그대로 타버릴 것이었습니다.

"내가 여기서 도망간다면 어떻게 될까?"

나는 그런 생각도 해보았습니다.

아마도 나는 재빠르게 이곳을 탈출해 달아날 수도 있을 것입니다. 호랑이가 밤마다 으르렁댄다는 인왕산이나, 밤이면 한양의 기이한 혼령들이 다 모여든다는 목멱산 깊은 곳에 숨어 괴물인 듯 호랑이인 듯 살아갈 수도 있겠지요.

허나 만일 그렇다면 왕실에서는 이 화재를 귀신 잡이들의 탓으로 돌릴 것입니다. 황철 영감의 늙은 사지는 찢겨나가겠지요. 또한 순덕 아씨는 평생 조선에서 아무것도 할 수 없는 아낙으로 살아갈 것입니다.

그런데 무엇보다 나는 산속에 숨어사는 괴물로는 살고 싶지 않았습니다.

떠도는 영혼에서 겨우 몸과 힘을 얻었는데 들짐승처럼 죽어지내기는 싫었지요.

"잠깐, 어떻게 불을 끈다?"

나는 일단 몸을 커다랗게 부풀렸습니다. 그리고 후우, 바람을 세게 불었지요. 나는 손바닥으로 이마를 탁 쳤습니다.

젠장, 불길이 더 거세게 종로거리에 옮겨붙어버렸으니까요.

"어어, 짚신 신은 발로라도 꺼야 하나."

내가 여러 차례 심호흡을 하며 숨을 고를 때였습니다.

어디선가 내 뺨에 물이 떨어졌습니다. 고개를 돌려보니 김생원이 물에 적신 멸화자 두 개를 들고 왔습니다. 그것을 힘껏 내게 던졌습니다.

"고마워요, 빙고선비."

"내가 나보다 더 장사인 놈을 본 것은 처음이다. 그러니 그 힘으로 필히 이 불을 꺼다오."

내 손에 잡힌 두 개의 멸화자는 쑥쑥 커졌습니다. 나는 두 개의 멸화자를 빙빙 돌리며 바람을 만들었습니다. 그 바람은 물기 있는 소나기처럼 불이 붙은 곳에만 비를 내렸습니다. 불이 약해지자, 나는 붉은 치마에 불길이 이글대는 영노들을 향해 달려갔습니다.

"저 영노 중 한 명이 적륜일까? 그럼 나머지는 다 분신에 불과한가?"

내가 주저하는 사이 영노 두 놈이 달려들어 내 어깨를 물어뜯었습니다. 이빨은 불화살처럼 뜨거웠습니다. 그들이 달려드는 사이에 나는 영노가 된 감돌이 달아나는 것을 보았습니다.

아니, 달아나는 것이 아니라 궁으로 갈지도 모른다는 생각이 들었습니다. 감돌의 머리 위로 적륜도 빙글빙글 돌며 움직였습니다. 그러자 감돌과 적륜이 이미 한 몸이라는 생각이 들었습니다.

"저 영노가 감돌이고 또 적륜이에요, 빨리들 쫓아가요."

김생원이 양반의 체통도 잊고 서둘러 달려갔습니다.

그 사이에 나는 두 팔을 흔들어 두 영노를 떨궈냈습니다. 그리고 영노들이 떨어진 사이 나는 멸화자를 허공으로 내던졌습니다. 내 안에서 두 개의 혼과 몸이 갈렸습니다. 재빠르게 내 안의 호랑이가 멸화자를 물고 사대문의 개천으로 달려가 다시 물에 적셨습니다.

당연히 나는 우팡이로 돌아왔습니다. 하지만 호랑이가 오는 동안 무엇을 보고 있는지 그대로 느꼈습니다. 제 예상 대로 괴물이 된 감돌은 궁으로 달려갔습니다. 그의 붉은 머리 위로는 횃불처럼 적륜이 피어오르고 있었습니다. 그 뒤를 빙고선비들이 따랐습니다. 바로 김생원과 순덕 아씨와 태백이었지요. 황철 영감이 빌렸는지, 태백이 빌렸는지는 모르겠지만 그들은 황색 적토마까지 타고 있었습니다. 역시나 무관의 집안답게 사대부의 자녀이지만 김생원은 말 타는 솜씨가 빼어났습니다. 순덕 아씨도 말을 타고 있었지요. 아마 어린 시절에 김대감이 그녀에게 말 타는 것을 가르쳐 준 모양입니다. 그 뒤로는 태평이 따르고 있었는데요. 태평의 뒤로는 또 수많은 왈자들이 병사들처럼 따랐습니다.

그때 볼이 따끔했습니다.

"아, 이거 뭔데?"

영노가 손톱으로 나를 할퀸 것이지요.

"해보자는 건가?"

하지만 상대는 여전히 꺼졌지만 다시 불길 피어오르는 영노의 분신. 나는 호랑이의 혼령이 돌아오기만을 기다리는 우팡이였습니다.

"좋아, 내가 누구보다 발은 빠르거든."

나는 재빠르게 달아났습니다. 영노는 발바닥이 부리나케 나를 향해 쫓아왔습니다.

'아마, 저 영노는 나를 잡아먹지는 못할 것이다. 나는 양반이 아니니까. 하지만 내 온몸을 불에 지져 버릴 수는 있겠지. 어쩌면 그게 더 고통스러울지도 모르겠다.'

내가 서둘러 달리는데, 휘영청 보름달을 가로지르며 물에 적신 호랑이의 영혼이 나에게 첨벙 뛰어들었습니다. 이어 나와 하나가 되었습니다.

"다 죽었어."

나는 두 손을 모아 갸릉갸릉, 하며 영노들을 노려보았습니다. 어느새 내 양손에 물이 뚝뚝 떨어지는 두 개의 멸화자가 있었습니다.

나는 무너진 기물들을 발판 삼아 뛰어다니며 영노를 걷어챘습니다. 나에게 빙지는 없습니다. 하지만 그 영노의 분신들을 지치게 할 수는 있었습니다. 그리고 물에 적신 멸화자가 있었습니다.

"이번에는 불을 끌 필요가 없으니 너희를 꺼버리겠다."

나는 서둘러 열 명의 영노의 분신들을 꺼버렸습니다. 불꺼진 영노는 거인 호랑이 괴물인 나에게 상대가 되지 않았습니다. 나는 그들을 주먹 몇 방에 쓰러뜨리고 다시 원래의 체격으로 돌아왔습니다.

아직도 물기가 축축한 멸화자의 천을 쭉쭉 찢어 한데 묶었습니다. 그들이 버둥대는 사이 다시 적륜과 한 몸이 된 감돌에게 돌아가 볼 생각이었습니다.

내가 발길을 돌리려는데, 어둠 속에서 누군가가 나타났습니다. 삿갓을 쓴 선비가 천천히 말을 타고 다가왔습니다. 선비의 손에는 두 개의 노리개가 까닥까닥 흔들렸지요.

그녀는 내 코앞에 노리개를 보여주었습니다. 노리개에는 매듭이 달려 있었습니다. 하나의 매듭에는 이미 감돌이 묶여 있었습니다.

"적륜과 한 몸이 된 감돌을 잡았네요?"

"조선 최고의 귀신 잡이들이 그 정도는 해야지. 나머지는 너에게 맡기마. 괴물이 한 번 괴물을 잡아봐야 확실히 인간의 편에 서겠지."

"아씨, 아니 선비님 아주 영악하시네요."

"감히 양반한테 대하는 태도가 공손하지 못하구나."

"이 몸은 괴물이라 조선의 법도 따위 모릅니다요."

고개를 돌려보니 멸화자 천에 묶인 영노들이 버둥거렸습니다. 나는 빙고선비가 내게 준 매듭으로 그 영노들을 단숨에 노리개에 가둬버렸습니다. 그리고 가쁜 숨을 내쉬었지요. 내 발밑에 차르르, 은행잎들 몇 개가 떨어졌습니다.

'왜 자꾸 저 은행잎이 내 몸에서 떨어지나?'

순덕 아씨와 나는 매캐한 냄새 나는 종루 시전에서 서둘러 빠져나왔습니다. 순덕 아씨는 말을 타고 달렸고, 나는 호랑이처럼 달렸습니다. 목멱산에 이를 때쯤 순덕 아씨는 무척이나 기분이 좋아 보였습니다. 그러면서 내가 시전에서 싸우는 동안에 어떻게 불을 지른 괴물과 싸울 계획을 세웠는지 알려주었습니다.

"우팡아, 일단 망나니 여신을 불러들였어. 그녀가 내게 어떤 문양을 보여주었지. 바로 노리개 매듭 문양이지만 지금껏 보지 못한 것이었지."

순덕 아씨는 귀신 잡는 매듭을 알고 있었습니다. 하지만 그것은 처음 보는 문양이었습니다. 거미줄을 닮은 것도 같고 한자로 덮개 멸( ) 자를 닮은 것도 같은 문양이었습니다. 그 문양으로 매듭을 만들었지만, 과연 망나니 여신이 보여준 것으로 그 살벌한 적륜을 잡을 수 있을지는 또 의문이었다고 했습니다. 또 양반을 잡아먹는 영노와 모든 걸 불태우는 불의 바람 적륜이 하나가 된 괴물, 거기에 악기바리의 기운까지 씌워 악의 욕망이 가득한 괴물 감돌과 싸울 수 있을지 의문이었다고 했습니다.

하지만 세 명의 빙고선비는 궁을 향해 달려가는 괴물 앞에 서자 마음이 통했다고 했습니다. 그들이 나고 자란 사대문 안, 그들과 같이 밥을 먹고 잠을 자는 사람들이 살아가는 이곳. 이 조선의 밤을 평화롭게 지키고 싶은 마음이 봉화처럼 피어올랐다고 했습니다.

어쩌면 그게 위기 앞에 선 인간의 마음이란 생각이 들었습니다. 나 우팡이는 반은, 아니 삼분의 일은 노비 소녀의 혼령, 또 일부는 억울하게 죽은 사내의 혼, 그리고 나머지는 괴물 호랑이의 혼. 하지만 그렇더라도 인간의 그 마음은 이해할 것 같았습니다.

"일단 오라버니하고 태평 선비가 적륜을 머리에 인 감돌을 몰아붙였어."

사실 적륜과 감돌은 갈팡질팡하고 있었다고 했습니다. 감돌은 두 빙고선비를 보자 정신을 못 차리고 식탐에 겨워 물어뜯으려 했습니다. 그러자 점점 이성을 잃은 괴물처럼 변해갔습니다. 그렇기에 오히려 감돌을 유인하기 쉬웠다고 했습니다. 그리고 불덩이가 다가오는 순간 순덕 아씨는 빙지보다 작은 그 매듭을 내밀었습니다.

"난 겁이 나고 떨릴 줄 알았어. 그런데 그 순간에 내가 나를 완전히 믿고 있었지 뭐야. 그러니 내가 미래의 황철 아니겠어."

거대한 불꽃이 빨려 들어가 듯 매듭에 묶였습니다. 불길하나하나가 매듭에 아름다운 붉은 털실로 바뀌었습니다. 그리고 그 매듭 안에 붉은 매화 같은 소용돌이와 분노에 찌든 영노 감돌이 담겨 있었습니다.

감돌을 보는 순덕 아씨의 얼굴은 유쾌한 것만은 아니었습니다.

"이 사람은 내게 처음으로 용기를 줬어."

"감돌이요?"

"응, 다른 사람하고는 생각이 달랐지…… 그런데 어떻게 감돌이 영노가 됐을까? 영노는 양반만이 될 수 있는 괴물이잖아. 적륜과 결합해서 그것마저 달라진 걸까?"

"아니요, 감돌도 원래 양반이었어요."

나는 순덕 아씨에게 감돌의 이야기를 들려주었습니다.

감돌은 사화로 변을 당한 사대부의 후손입니다. 그렇기에 감돌은 쉽게 악기바리와 적륜의 유혹에 넘어갔는지도 모릅니다. 억울한 마음이 인간의 속을 짓뭉개면, 어느 순간 억울함은 악으로 변하기도 합니다. 처음부터 악기바리의 제물이 될 만한 인간들도 있지만, 이 세상이 사람을 악기바리에게 떠넘기기도 하는 거죠.

"이 매듭은 어떻게 할 거에요?"

나는 순덕 아씨에게 되물었습니다.

"천도제를 지내 돌려보내야지. 영노에서 선비의 혼으로 저승으로 올라갈 수 있게."

"그곳에서도 지옥행일걸요. 악을 일삼았으니."

"내가 잘은 모르지만 아닐지도 몰라. 악기바리의 기운을 털어내고 억울한 선비의 혼으로 돌아가면 용서를 받을지도 모르지."

나는 문득 순덕 아씨가 감돌을 잡아놓은 노리개를 버리지 못할 것 같다는 생각이 들었습니다. 하지만 소리 내어 그 말을 하지는 않았지요.

어느새 우리는 남산 자락의 칠성각 쪽에 이르렀습니다.

그곳에 두 명의 빙고선비와 황철 영감이 있었습니다.

"대감님께서는 아씨가 빙고선비라는 사실을 아십니까?"

갑자기 순덕 아씨의 얼굴에 근심이 서렸습니다.

"아직 말하지 못하였지. 아직 어찌해야 할지 모르겠어. 영노를 잡는 것보다 아버님께 사귀신 잡이라는 말을 하는 게 더 어렵다고."

"아씨. 제 생각에는 모든 자식들은 부모에게 비밀을 만들기 마련입니다."

내 말을 듣고 순덕 아씨는 슬며시 미소를 지었습니다.

그날 이후 순덕 아씨는 밤마다 남장을 하고 집을 떠났습니다. 대신 김대감의 저녁상에는 황철 영감이 만들어준 특별한 약주가 올라왔지요. 한 잔 마시면 기분이 좋아지고, 두 잔 마시면 다음 날 첫닭이 울 때에야 눈이 떠지는 그런 약주.

17 | **백두산 천지의 빙고선비**

깊은 밤, 나는 달걀귀의 뒤를 쫓고 있었습니다. 악기바리의 세상은 여전해서 달걀귀들은 날이 갈수록 사나워졌습니다. 특히 깊은 밤 야경을 도는 순라꾼들이 달걀귀의 밥이 되곤 했습니다. 하지만 빙고선비들이 순라꾼의 방해 없이 밤길을 돌아다니자, 얼굴 없는 사체로 발견되는 달걀귀들이 늘어났습니다.

역시 정난정은 거래의 달인이었습니다. 궁궐과 연을 맺게 해준 대가로 달걀귀 정도는 꽁으로 처리해 달라는 것이었지요. 사실 달걀귀 따위는 나 우팡이나 빙고선비에게는 상대가 되지 않았습니다. 특히 나는 덩치를 키울 필요도 없이 우팡이의 체격 그대로 주먹을 휘둘러 달걀귀를 잡았습니다.

나는 달걀귀의 얼굴 두 개를 깨뜨리고는 그 깨진 얼굴 껍질을 들고 윤원형의 집으로 향했습니다. 정난정은 그때 시녀를 시켜 머리의 이를 잡고 있었지요.

"달걀귀란 머릿니와 같구나. 잡고 또 잡아도 끝이 없으니."

"어쩌면 조선이 달걀귀의 세상 아니겠습니까?"

"무슨 소리냐?"

"얼굴 없는 사람들이 얼굴 있는 사람을 부러워하는 세상이다, 뭐 이런 거겠죠."

"그런 개풀 뜯어 먹는 소리를 하려거든 나가서 개처럼 짖어라. 내 너 같은 요물하고 이 밤에 농담할 시간이 없다."

옆에 있던 시녀가 물었습니다.

"아가씨 우팡이가 요물입니까?"

"요물이다마다. 노비 주제에 노비가 아닌 척. 사람이 아닌 주제에 사람인 척."

그때 나는 시중드는 시녀의 얼굴에 스쳐가는 표정을 읽었습니다. 그녀는 내가 괴물인 줄 몰랐지요. 하지만 사람이 아닌 주제가 노비라는 것쯤은 알았습니다.

"그 사람 아닌 사람 없으면 머리의 이도 못 잡는 것이 조선의 얼굴 아니겠습니까?"

"썩 꺼지거라."

"그러지 않아도 물러갈 시간입니다."

나는 일어나서 조심스레 물러나려 했습니다.

"잠깐."

그때 정난정이 불러 세웠습니다.

"오늘 밤이 마지막일 것 같으냐?"

"아마도 그럴 것 같습니다."

"그래……"

정난정은 함에서 엽전 꾸러미를 꺼내 내게 던졌습니다.

"가는 길에 그 영감님 노잣돈이나 잘 챙겨 주거라."

나는 그 돈을 받고 서둘러 정경부인의 저택을 떠났습니다.

나는 밤의 기와지붕을 딛고 날아가듯이 뛰었습니다. 그때 뒤에서 누군가 나를 쫓아왔습니다. 저승사자였습니다.

"너는 괴이하다. 분명 달아난 노비인데, 또 시체가 함께 있고, 또 그 짐승 같은 냄새는 무엇이냐!"

"제가 오늘은 갈 길이 바빠 같이 놀아드릴 시간이 없습니다. 아시잖습니까? 저는 저승의 명부에 적힐 일이 없는 놈입니다."

"아니다. 모든 것에 시작과 끝이 있다. 네놈도 끝이 있을 것이다."

"네, 그 끝 언젠가 보겠지요."

나는 날듯이 달려 서빙고 근처에 새로 지은 기와집으로

들어갔습니다. 그곳에 황철 영감이 살고 있지만, 이날이 마지막이었습니다. 나는 서둘러 안채로 들어갔지요. 이미 다른 빙고선비들이 와 있었습니다.

"우팡아, 영감님께서 너에게 마지막으로 할 말이 있다고 하신다."

김생원이 내게 말했습니다.

나는 서둘러 황철 영감의 앞에 무릎을 꿇었습니다.

"영감, 무슨 일입니까? 제게 할 말이 뭡니까? 전 황철 이름 따위 관심 없다니까요."

영감이 나직하게 말했습니다. 그리고 한 마디를 그 끝에 더 덧붙였습니다.

"너는 삵귀다."

"네?"

"너의 괴물 몸주는 수비산 은행나무 신목 밑에서 죽은 삵이다. 삵의 혼에 은행나무 신목의 영험한 기운이 깃든 천 년 삵은 삵귀다. 호호…… 호랑이가 아니다."

그 말을 끝으로 황철 영감은 눈을 감았습니다.

'영물 호랑이도 아니고 천 년 삭은 삵의 혼, 너절한 이 세상의 품삯 같은 삵귀였다니.'

마지막 진실은 기분 나빴습니다. 하지만 그전에 황철 영감과 한 약속을 지켜야 했지요.

다음 날, 빙고선비들이 장례를 치르는 동안 나는 수비산으로 들어갔습니다. 수비산의 암자 깊숙한 곳에 황철 영감의 혼술이 있었습니다. 살아 있는 그는 혼술을 담갔습니다. 사람의 몸에는 양기와 음기가 있습니다. 그 기운은 온몸을 돌아다니다가 사람의 사랑니에 깃듭니다. 황철 영감은 자신의 사랑니를 뽑아다가 양기가 강한 인삼과 음기가 강한 구기자를 함께 넣어 술을 만들었습니다. 그 안에서 귀신 잡이 황철 영감의 기운은 무럭무럭 자랐습니다. 나는 그 혼술을 들고 수비산 밖으로 빠져나왔습니다.

장례가 끝난 후 빙고선비들과 나는 방에 모였습니다. 황철 영감은 마지막 세상을 뜨기 전에 유언을 남겼습니다. 누가 황철의 이름을 얻을 것인지 셋이서 정하라고요. 그 결과를 우팡이에게 말하면 황철이 되는 도움을 줄 것이라고요.

"결정을 하였습니까?"

태평과 김생원 그리고 순덕 아씨가 마주 보았습니다.

"우리가 황철이다."

"네?"

"우린 모두 황철이 되기로 했다. 어차피 황철이 누구인지는 갓을 쓰고 얼굴을 복면으로 가리면 알지 못할 것 아니냐."

나는 고개를 갸웃거렸습니다.

"그래도 한 명의 황철이 있는 게…… 뭔가 낫지 않겠습니까?"

"어차피 사람들은 진짜 황철이 누구인지 관심이 없다. 더구나 감돌이 이름을 달고 다녀 황철을 젊은 사내로 아는 이들도 많으니 무슨 상관이겠느냐?"

태평이 한 번 더 호탕하게 웃고는 다시 말을 이어갔습니다.

"더구나 황철이 셋이면 좋지 않으냐. 나는 지방을 돌고, 여기 두 오누이는 사대문 안과 성저십리 주변을 담당하면 되고. 문제가 하나 있기는 해. 정난정이 진짜 황철 영감의 얼굴을 알고 있다는 건데."

그때 김생원이 손을 들었습니다.

"그 문제는 해결되었습니다. 오늘 정경부인이 사헌부에 체포됐으니까요. 이제 그녀의 비리가 온 세상에 알려질 것이오. 그러니 황철의 진짜 얼굴을 아는 사람은 없지."

세 사람은 고개를 끄덕였습니다. 그렇게 세 명의 귀신 잡이 황철이 태어났지요.

순덕 아씨가 나를 바라보았습니다.

"우팡아, 황철 영감이 너를 통해 우리에게 보낸 것이 무엇이냐."

나는 그들 앞에 황철 영감의 혼술을 내놓았습니다.

"술이요. 이것을 마시면 황철 영감의 이름만이 아니라 그의 기운까지 얻을 수 있다네요."

세 명의 빙고선비는 서로 마주 보았습니다. 그들은 한 모금씩 그 병에 든 술을 나눠마셨습니다. 황철 영감의 술이 어찌나 독한지, 그들은 뭐가 좋은지, 매화음에서 취한 선비들처럼 킬킬대고 춤을 추었습니다.

"아이고, 선비님들. 황철 영감이 셋이면 이제 빙고선비는 누가 합니까?"

태평이 손으로 나를 가리켰습니다.

"그깟, 선비 네가 가져가라. 나는 거저 줘도 선비 따위 관심도 없어."

그러자 김생원과 순덕 아씨도 고개를 끄덕였습니다.

그러면서 셋이서 손가락으로 나를 가리켰습니다.

"빙고!"

그러더니 그들은 모두 자빠져서 잠이 들었지요.

나는 혀를 끌끌 차고 밖으로 나왔습니다. 그때 밤하늘에서 내려오는 서늘한 기운을 느꼈습니다. 그것이 무엇인지 나는 알 것 같았습니다. 바로 아직 조선의 밤을 떠도는 악기바리의 기운이지요. 그 악의 기운은 황철 영감의 죽음을 알고 비웃는 것만 같았죠.

아마도 내일부터 세 명의 황철과 나 우팡이, 아니 나 빙고선비는 다시 바빠질 것 같았습니다.

나는 일단 뒷짐을 지고 헛간에 갔습니다. 헛간에는 얼굴이 붉은 영노 하나가 잡혀 있었습니다. 그 영노는 보통의 영노가 아니었습니다. 바로 그 영노가 한때 황철의 제자였던 감돌이었기 때문입니다.

　"지금 막 유언을 집행했어요."

　"그래, 다들 황철이 되어서 신났겠군. 억울하다, 나는 황철의 이름을 빼앗기고 이렇게 짐승같이 사는데. 근데 황철 영감이 나를 왜 살려뒀어?"

　나는 감돌, 아니 우리가 살려놓은 영노를 빤히 쳐다보았습니다.

　"영감은 돌아가시는 순간에도 몰랐어요. 아씨가, 그쪽을 살렸어요. 아무 양반이나 잡아먹는 영노가 아니라 못된 사대부를 혼내는 영노로 만들 거라고. 자기가 그렇게 만들 거라고. 이제 우리가 그런 일도 할 거니까. 이건 아직 우리끼리 비밀이지만."

　"그래에?"

　나는 감돌의 눈에서 반짝이는 기색을 보았습니다. 그것이 좀 불길하기는 하였지만, 그래도 지금은 자랑할 사람이 이 괴물 사내밖에 없었습니다.

　"그리고 나는 빙고선비가 되었소. 이제는 노비가 아닙니다."

"그래, 축하한다. 선비 그것 별거 아니다. 매화도 아니고 흔해빠지고 약한 강아지풀 같은 거지. 그러니 다들 한을 품고 죽어 악만 찬 영노가 되는 것이 아니더냐?"

그러더니 감돌은 다시 허허, 웃고 말았습니다.

역시나 감돌에게 말을 하는 게 아니었습니다. 기분 잡치게 하는 데는 최고라니까.

하여간에 그렇게 나는 은행나무 신목의 기운을 받은 천년 묵은 삵의 혼령, 삵귀의 모습을 한 귀신 잡는 빙고선비가 되었답니다. 나는 몰래 김생원의 옷과 갓을 입어보았습니다. 품이 좀 크기는 하였지만, 못 입을 정도는 아니었지요.

나는 빙고선비의 외관을 갖춘 기념으로 달려보기로 했습니다. 한양에서 백두산까지.

"달리시오! 빙고선비."

나는 빠른 걸음으로 백두산을 향해 내달렸습니다.

폭풍 같은 바람이 불어왔습니다. 그런데 그 바람에 휩쓸려 내가 다시 바닥으로 떨어지고 말았지요. 천둥이 치고 세상이 무너지는 기분이었습니다.

물론 바닥에 떨어져 보니 그저 요란한 장터였지요.

"잠깐, 여긴 종루 시전인데 왜 잿더미가 아니지?"

하룻밤 만에 시전이 다시 세워질 수는 없습니다. 그리고 또한 종루 시전이 그전에 본 것보다 훨씬 호화로웠습니다.

"내가 꿈을 꾸는 건가?"

그때 장터에서 누군가 귀신 잡이 운운하는 소리가 들려 가까이 가보았습니다.

"그날 이 종루에 불 바람이 불어왔어. 그랬더니 이야, 인왕산의 호랑이들이 나타나서 입에 머금은 물을 뿜어대네. 그렇게 호랑이가 달려 들어가지고 그 불 바람을 끄기 시작한 거야. 바로 그 유명한 귀신 잡는 빙고선비가 아, 인왕산 호랑이까지 부려먹은 거지."

"에이, 그런 일이 어디 있겠소?"

"이거 다른 전기수들은 모르는 이야기요. 우리 할아버지의 할아버지의 할아버지 때부터 이어져 오는 비밀 이야기거든. 우리 할아버지의 할아버지의 할아버지가 실은 낮에는 하급 관리, 밤에는 귀신 잡는 황철 영감이었거든."

얌생이 같은 전기수의 말에 사람들이 휘휘 손을 내젓고 있었습니다.

순간 나는 깨달았습니다. 나, 빙고선비는 공간이 아니라 시간까지 거스르는 괴물이 됐다는 사실을요. 물론 어떻게 하다 여기까지 왔는지는 도통 모르겠지만.

'잠깐, 그런데 잘못된 이야기는 바로잡아야지. 나는 빙고선비가 기르던 호랑이가 아니라 삵귀 우팡이였고, 지금은 또

삯귀 빙고선비거늘.'

내가 전기수를 향해 뚜벅뚜벅 걸어가는데, 어디선가 요란한 바람이 불어왔습니다.

장터의 사람들이 모두 비명을 질러대기 시작했습니다. 바람이 그렇게 세찰 수가 없었습니다. 장사꾼들은 날아가는 포목이며, 그릇, 생선 들을 잡으려고 아우성이었지요. 그 바람은 어느새 나를 휩쓸고 다시 어디론가 데려갔습니다.

바람이 잔잔해진 후에 내가 도착한 곳은 백두산 천지였습니다. 아직 밤이 어두웠습니다.

"어쨌든 모로 가도 백두산에 왔으니 다행이지."

온몸이 욱신욱신 피곤했습니다. 나는 그러고서 벌렁 드러누워 잠을 청했습니다. 깊은 잠은 자지 못했고 선잠만 들었지만요.

다행히 백두산에 새벽이 올 때까지 호랑이 울음소리나 귀신들이 다가오는 소리는 들리지 않았습니다. 솔직히 세상 무서울 것 없는 나였지만 조금 겁이 나기도 했습니다. 세상에는 혼령이자, 인간이자, 삯귀인 나도 알지 못하는 무서운 것들이 또 있을지도 모르니까요.

그게 조선의 밤입니다. 또한 조선에 귀신 잡이 빙고선비가 필요한 이유이기도 하죠. 나라님도 무서워서 못 건드리는 것들과 우리는 싸우니까요.

해가 떠오르기 시작했습니다. 나는 신령한 백두산 천지 앞에 섰습니다. 문득 그 말이 떠올랐죠. 이곳에서 큰 소리로 말을 하면 저승까지 들린다는 황철 영감의 말.

"나 우팡이, 아니 빙고선비입니다. 내가 귀신 잡는 선비가 됐다고요. 내 목소리 잘 들려요? 잘 가요, 황철 어르신, 나를 다시 인간 세상에 살게 해줘서 고맙습니다. 이제 걱정 말고 훠이훠이 떠나세요."

나는 큰 소리로 그에게 말을 한 뒤 큰절을 올렸습니다. 내가 발길을 돌려 산을 내려가려 할 때였습니다.

잠시 뒤, 백두산의 미명이 밝아오는 하늘에서 쿠쿵, 노인의 기침 소리 같은 마른 천둥이 들려왔습니다.

이제 산을 내려가 다시 사대문 밖 성저십리의 나의 집으로 돌아갈 때였습니다. 귀신 잡이 황철 영감의 집이었으나, 이제는 조선에 하나뿐인 삯귀 괴물 빙고선비의 집으로요.

장편소설《빙고선비》는 좀 특이한 계기로 작업에 들어갔다. 2020년 겨울, 나는 〈몬스터 콜렉터〉라는 괴물 찾기 다큐에 출연했다. 어느 날 눈을 뜨니 이무기나 물괴로 변해버려서 인터뷰 대상자가 된 건 아니었다. 다큐멘터리 〈몬스터 콜렉터〉에서 '이물'로 불리던 괴물에 대해 소개하는 변사 비슷한 역할을 맡았다.

첫 번째 촬영지는 11월 원주의 은행나무 신목 앞이었다. 그날 거대한 노랑고래 같은 은행나무 신목은 바람에 이파리를 실어 사방으로 날려댔다. 눈앞에서 현실의 공간이 샛노란 판타지로 뒤바뀌는 순간이라니. 나는 그 절경에 감탄하다 은행잎에 따귀를 맞았다. 아팠지만, 그때 나는 '빙고!' 괴물이

등장하는 소설을 써야겠다고 생각했다.

그 후 나는 카메라와 함께 경복궁, 부여, 제주, 부산 등에서 괴물을 찾아다녔다. 그때 나는 조선시대 선비가 된 것 같은 미묘한 기분에 휩싸이기도 했다. 학문에 몰두하는 선비가 아니라 괴물의 꽁무니를 쫓는 이상한 선비 말이다. 조선의 선비들 중에서는 이렇게 '이물학'에 몰두한 학자들도 있지 않았을까?

《빙고선비》의 싹은 그렇게 괴물의 등짝에서 소설가의 식충식물처럼 자라나기 시작했다.

하지만 촬영이 끝난 뒤, 소설을 쓰기가 쉽지 않았다. 괴물을 소재로 한 이야기를 몇 번 쓰다가 또 때려치웠다. 괴물, 참 거지같이 안 풀렸다. 그러다가 우연히 서빙고를 지나는데 이런 생각이 들었다. 조선시대 괴물 이야기를 좋아하는 선비들은 늦은 밤 몰래 으스스한 서빙고 창고에 숨어서 이런저런 기담들을 떠들지 않았을까?

그때부터 소설은 어느새 선비에서 괴물이 된 영노, 그 영노를 쫓는 운명에 이끌린 선비들의 모험담으로 흘러갔다. 그다음부터는 좀 술술 이야기가 풀렸다.

문제가 있었다면 내가 역사 속의 괴물을 엮어 억지로 뭔가를 만들려고 했던 것. 부자연스럽게 뇌만 큰 인간 괴물처럼 말이다. 내 안에 사는 괴물이 끼끼끼끼…… 우는 목소리에 귀 기울이면 됐던 것을. 그렇게《빙고선비》는 끼끼끼끼 쓰였다.

　아, 〈몬스터 콜렉터〉는 2023년에 방영 예정이다. 내가 영노로 나오는지 빙고선비로 나오는지는 직접 보시면 알 수 있다.

박생강